それいけ！平安部

宮島未奈

小学館

それいけ！平安部　目次

それいけ！平安部

第一章

平安部って、何やるの？

雨の日の電車はどうしてこうも不快なんだろう。真新しいカッターシャツの襟の硬さを感じながら、わたしはつり革を強く握った。

今日は県立菅原《すがわら》高校の入学式。めったに乗ったことのなかったローカル線が、これからは通学電車になる。

「栞《しおり》ちゃんは雨女だねえ。幼稚園の入園式も、七五三も雨だったし」

白いフォーマルスーツで隣に立つ母が言う。そんな非科学的なものを信じているなんて、いつものことながらうんざりである。雨が降る日なんてたくさんあるし、それが入学式に当たっただけのことだ。

だいたい新入生はわたしだけじゃない。同じ日に入学式をやる学校は全国各地にあるだろう。百歩譲ってわたしが雨女だったとしても、小学校や中学校の入学式は晴れていたではないか。

心の中でぶつくさ言いつつ菅原本町《ほんまち》駅に着くと、同じ制服の高校生が一斉に下車した。みんな傘を広げて簡素な駅舎を出ていく。小学校と中学校はほぼ同じメンバーだったから、こうして知らない顔の同世代がたくさん歩いているのを見るとドキドキする。しばらくすればみんな馴染《なじ》みの顔になるのだろう。

「あら、牧原《まきはら》さん。おはよう」

「わぁ、瑞希《みずき》ちゃんも同じ高校なんだ。よろしくね」

瑞希の母親に話しかけられたうちの母が愛想よく応じている。母親同士は同列かもしれないけど、わたしと瑞希はスクールカーストにおいて大きく離れている。ビニール傘を差して歩く瑞希はどこか余裕があって、同じ制服のはずなのにスカート丈はすでに短い。瑞希がわたしによろしくすることなんてひとつもないだろう。

駅から学校までは歩いて五分。入試や説明会で何度か来ているけれど、生徒として校門をくぐるのははじめてだ。

「栞ちゃんも写真撮る？」

入学式の看板の前では記念撮影しようとする生徒と保護者が列をつくっている。晴れているならまだしも、こんな雨の中並びたくない。

「別にいい」

わたしが行列の横を通り過ぎると、「今日しか撮れないのに？」と食い下がる。

「うん、雨だし」

母は「晴れてたらよかったのにね」と残念そうに言った。

菅原高校は一学年に六組まであって、わたしは一年五組だ。小学校も中学校も二クラスだけだったのが、一気に三倍に増えた。

母と別れて教室に入り、黒板に書かれた座席表を見て着席する。カバンはみんな机の横の金具に引っ掛けてるけど、そういうものなのかな。仲良さそうに話してる女子二人がいるけど、すでに知り合いだったのかな。そんなことを思いながらまわりの様子をうかがう。

ふと正面に顔を向けると、こっちに歩いてくる女子と目が合った。背が小さくて、目がぱっちりしたかわいい系の子だ。

気まずくなって目をそらすと、その女子はわたしの机の前に立った。何を言われるのだろう。にわかに緊張してくる。

「ねぇ、あなた」

おそるおそる顔を上げる。その表情はにこやかで、敵意はなさそうだ。ひとつ結びにしたストレートの髪が腰まで伸びているのが見えて、お風呂上がりに乾かすのが大変そうだと思う。

「平安時代に興味ない？」

「はぁ？」

かなり感じの悪い「はぁ？」が出てしまい、あわてて口を押さえた。

「あないみじ……これ、運命の出会いだよ」

えっ、今、なんて言った？　突っ込みたいのに声が出ない。

「あたしの席、ここなの」

黒板を確認すると、わたしの前の席には「平尾」と書いてある。

「あたし、平尾《ひらお》安以加《あいか》です。安以加って呼んでね」

「わ、わたしは牧原栞」

「栞ちゃんっていうんだ。よろしくね」

安以加はカバンを机の上に置き、椅子を一八〇度回転させてわたしと向き合う形で座った。

「栞ちゃんは平安時代に興味ない？」

「ない」

だって、わたしは平安時代なんて大嫌いだから。

あれは中学一年生のことだった。社会の担当は四十代の男の先生で、話が上手《うま》く、生徒たちから人気があった。その先生が歴史の授業で、「平安時代は色が白く、のっぺりした顔がモテた」と話したのだった。

「このクラスだと、牧原みたいな顔だな」

笑い声が上がり、みんながわたしのほうを見た。めちゃくちゃ恥ずかしかったけれど、それ以上に怒りが湧いていた。人を見た目で判断してはいけませんって教えられてきたのに、先生がこんな発言していいはずがない。

わたしは両手を強く握りしめて、立ち上がった。

「見た目のことを言うのはよくないと思います」

普段から発言の少ないわたしがそんなことを言うなんて思っていなかったのだろう。先生はニヤニヤ笑って「ごめんごめん」と謝罪にもならないような口調で言った。

それ以来、平安顔をいじられることはなかったけれど、先生に反論するヤバいやつという認識が広まった。時にはそれを期待されていると感じることもあって、きわどい発言をした先生に「それはセクハラです」と発言すると教室が沸いた。クラスメイトの反応に、ちょっと気持ちよさを感じていたのは事実である。同級生の間でも「そんなこと言うと牧原に怒られるぞ」とネタにされていたが、別にいいかと放っておいた。

幸いこのクラスに同じ中学出身者はいないし、ご意見番キャラは封印しようと思っていた。それなのに、発端となった平安時代をピンポイントで突かれるなんて。

「これから興味を持つのもアリかもよ！」

安以加はきわめて明るい調子で押してきて、わたしの憂鬱が伝わっていないようだ。

「だいたい、平安時代なんて日本史のために区切った一時代でしかないでしょう。そこに興味があるかないかでいったら、ないとしか言いようが……」

「あたし、平安時代が大好きなの！」

メジャーリーガー級の剛速球が投げ込まれたかのようだった。わたしがあっけに取られていると、安以加が続ける。

「だから、この高校に平安部を作りたくて」

「平安部⁉」

わたしが声を上げるのと同時に、ベージュのスーツを着た女の先生が入ってきた。

「はい、みなさん着席してくださーい」

「考えておいてね」

安以加は椅子の向きを直して前を見た。

「一年五組の担任の藤原早紀子《ふじわらさきこ》です。担当は数学です。一年間、よろしくお願いします」

へいあんぶ。奇妙な五文字に脳内が埋め尽くされ、担任の話が入ってこない。平安時代を研究する部活なのか、はたまた平安時代をプレイする部活なのか。おそらく前者であろうが、まったく見当がつかない。

ただひとつ、安以加が冗談ではなく本気で言っていることだけはわかる。椅子の座面に届くほどの長髪も、平安時代を意識しているに違いない。

そもそも平安時代ってどんな時代だっけ。平安顔を揶揄《やゆ》されたせいで坊主憎けりゃ袈裟《けさ》まで憎い状態になっているけれど、実は平安時代のことをよく知らない。そもそもわたしは理系に進むと決めていて、暗記するしかない社会は苦手科目なのだ。

入学式とホームルームで登校初日は終了した。わたしと安以加は並んで廊下を歩く。

「栞ちゃんって、どこに住んでるの？」

「森富《もりとみ》町。菅鉄《すがてつ》で通うの」

森富町は菅原市の隣にある小さな町である。大企業の工場があるため合併せずに残っているそうで、わたしの父親も順当にそこの社員だ。

「そうなんだ。あたしの家はイオンのほう。自転車で通うつもりだけど、今日は雨だからお母さんの車で来てる」

菅原市はごくありふれた地方都市だ。高校のある菅原本町には商店街があり、昔は栄えていたらしいが、今はシャッター街である。少し離れた県道沿いのイオンが一大ショッピングスポットで、わたしも月に三回は家族の車で訪れている。

「そうだ、栞ちゃんのＬＩＮＥ教えてもらえる？」

スマホは持ってるんだと思いながら、ＬＩＮＥの連絡先を交換した。登録名は「安以加」、アイコンは毛筆で書かれた「安」の字だった。

「雨、まだ結構降ってるね」

「ね」

そう言いながら安以加が傘立てから引っ張り出したのは赤い和傘だった。わたしが使っている傘の三倍ぐらい骨があるように見える。ほかの生徒もそれとなく安以加の傘を見ているようだ。

「じゃあ、また明日ね」

安以加と別れ、帰りの電車に揺られながら、面倒なことに巻き込まれたと頭を悩ませていた。平安部なんて興味ないとあっさり切り捨てることもできたのに、そうしなかったのは安以加にちょっと興味が湧いてしまったからだった。あの長すぎる髪、あまりにスムーズだった「あないみじ」の発声、注目を集めていた和傘。

しかしそれだけ平安時代を愛しているからといって、平安部を作ろうという志は飛躍しすぎではないか。

一方、わたしにはこれといって入りたい部活がない。中学は小さい学校ゆえ選択肢が少なく、バスケとかバレーはできそうにない、美術や吹奏楽はやりたくないという消去法で陸上部を選んだ。一部の有力選手以外は裏山を走って登るのが主な活動で、秋にはサボってどんぐりを拾うなど、牧歌的な雰囲気だった。

　中学と比べると菅原高校にはたくさんの部活がある。入学のしおりに載っていた部活動一覧を見て、わたしが気になったのは物理部だった。主に天体や宇宙について研究しているらしい。だけどどんな雰囲気かわからないし、決めかねていた。

　その日の夜、スマホをいじっているとふと安以加のことを思い出した。わたしはＬＩＮＥで〝平安部ってどんなことするの？〟と送信した。既読はすぐについて、返信がきた。

〝質問ありがとうございます！　平安の心を学ぶ部活にしたいです〟

　平安の心。なおさらわからないけれど、わからないからこそやりがいがある気もする。

　わからないといえば、「いみじ」ってどういう意味だろう。わたしは買ったばかりの古語辞典をひらいて「いみじ」を探した。「はなはだしい」「ひどい」「すばらしい」といった意味が書かれていて、どうやら「ヤバい」みたいな言葉らしい。

「平安部、マジいみじ」

　つぶやいてみたけれど、わたしには全然しっくりきていない。

　翌朝、安以加は紙束を持って登校してきた。

「平安部員募集のチラシを作ったの」

　わたしはそのセンスに絶句するしかなかった。Ａ４サイズの真っ白な紙に、毛筆で縦書きされている。

平安部員求む！

わたしたちと一緒に平安の心を学びませんか？

詳細は　一年五組　平尾安以加まで

どう考えても怪しすぎる。これを見て平安部に入りたいと思うような人はいるだろうか。そういえば菅原市の葬儀場だか結婚式場の名前が平安なんとかだったような。冠婚葬祭と高校生なんて太陽と海王星ぐらい縁遠いし、興味を持ってもらえるとは思えない。

「やっぱり、もう少し平安部の活動内容に具体性があったほうが……」

わたしが忌憚《きたん》ない意見を述べると、安以加はチラシに目を落として「たしかに！」と声を上げる。

「これ、安以加が書いたの？」

「そうだよ」

チラシは二十枚ほどで、印刷ではなくすべて手書きらしかった。

「めちゃくちゃうまいじゃん」

「あたしの家、書道教室なんだ。クレヨンより先に毛筆を持たされたの」

どれも卒業証書並の達筆で、才能の無駄遣いを感じさせる。

「それで、栞ちゃんはどうするか決めてくれた?」

「ていうか、なんでそんな熱心にわたしを誘うの?」

わたしの質問返しに、安以加は満面の笑みを浮かべて答える。

「だって、栞ちゃんは平安時代が似合いそうだから」

やっぱり顔のことを言っているに違いない。だけど安以加に対しては不思議と嫌な感じがしなかった。

「あたし、平安部を作りたいって漠然と思ってたんだけど、きのう栞ちゃんと出会った瞬間にぱきっとイメージが固まった気がしたの。きっとこれは平安部を作りなさいっていう神様の思《おぼ》し召《め》しだって」

今までの人生、こんなに強く求められたことなんてなかった。これが愛の告白だったらドラマチックだろうけど、行き着く先は得体の知れない平安部である。

でも、安以加と一緒に走ってみようか。

「平安部、入ってもいいよ」

安以加が目を見開いて、わたしの両手を握った。

「ありがとう!」

ふと視線を右側に動かすと、隣の席の男子が素早く目をそらすのがわかった。そりゃ近くでこんなやりとりをしていたら、気になってじろじろ見るだろう。

「八木《やぎ》くんも平安部入らない？」

間髪いれずに安以加が話しかけたのでぎょっとする。八木くんは愛想笑いを浮かべて手を小さく振り、「いや、俺はサッカー部って決めてるから」と真っ当に断ってくれた。

「もっと部員を集めたいんだけど、入ってくれそうな人知らない？」

畳み掛ける安以加にハラハラしていると、八木くんは意外なことを言った。

「そういえば俺と同じ中学のサッカー部だったやつが、楽な部活に入りたいって言ってたんだけど、一応聞いてみる？」

わたしは心の中で「ウソでしょ？」と叫んでいた。こんなスポーツ系さわやか男子が協力してくれるなんて。わたしのほうにも偏見があったと反省する。

「同じ中学のサッカー部だったやつ」こと大日向大貴《おおひなただいき》くんは一年二組だという。わたしと安以加は授業の間の休み時間にチラシを持って参上した。

教卓に置かれた座席表を確認する。大日向くんは窓際から二列目の席で、上半身を机に預けて寝ていた。

「寝てるのに、起こしちゃうの悪くない？」

「それじゃ、チラシ置いて帰ろうか」

いや、起きて目の前に毛筆のチラシがあったら悪夢すぎる。ただならぬ気配を感じたのか、大日向くんが身体《からだ》を起こした。

「あの、大日向くんですよね」

安以加が言うと、大日向くんは明らかに警戒した目を向けてきた。寝起きで見知らぬ女子二人が目の前に立っていたらわけがわからないだろう。

「五組の八木くんの紹介で来ました」

わたしが八木くんの名前を出すと、大日向くんは幾分ほっとしたような表情になった。

「楽な部活を探してるって聞いたんですけど、平安部ってどうですか?」

「平安部?」

大日向くんは安以加からチラシを受け取ると、目を細めてじっと見た。どんなリアクションが返ってくるのか、にわかに緊張してくる。

「えっと、あ、新しい部活で、活動内容はこれから決めます。単刀直入に言うと、大日向くんに入ってほしいんです!」

安以加も待つのに耐えられなかったのか、必要以上に大きな声で説明する。

「いいよ」

ん? いま大日向くんが小さい声でなんか言ったみたいだけど、気のせいだろうか。

「もし大日向くんが入ってくれたら、」

「だから、入ってもいいよ」

わたしは思わず「えぇっ」と口に出していた。大日向くんは表情を変えず、のんびりとした口調で続ける。

「うちの高校って、全員部活に入らないとならないでしょ? 僕は何もしたくなかったから、勧誘にきてもらってちょうどよかった。入るよ」

わたしと安以加が顔を見合わせると、次の授業がはじまるチャイムが鳴った。

「わかりました！　あたしは五組の平尾安以加です。詳細が決まったらまた来ます」

逃げるように二組の教室を後にして、五組に戻る。

「栞ちゃん、これ、もしかしたらうまくいくかもしれない」

わたしもそんな気がして、黙ってうなずいた。


健康診断やオリエンテーションの類が一通り終わった週末の放課後、わたしたち一年生は部活動紹介を見るため講堂に集められた。

運動部は寸劇や替え歌など趣向を凝らして元気よくアピールしていた。大日向くんはいったいどんな気持ちで部活動紹介を見ているのだろう。心変わりしたらどうしようと不安になってくる。

文化部になると一転、活動内容に直結した発表になる。吹奏楽部の演奏や、映像研究部の動画はクオリティが高く、引き込まれた。

わたしが検討していた物理部は、良く言えば真面目、悪く言えば陰気な雰囲気である。壇上に並んだ四人の男子部員が、県の大会で研究発表をするとか、夏休みには合宿で天体観測をするとか、棒読みで紹介している。平安部の約束がなかったとしても、物理部に入るのはためらった気がする。

もともとわたしが天体に興味を持ったのは、小学五年生のとき自然教室で天体観測をしたのがきっかけだ。施設の人が「絶好の観測日和《びより》」と言っていたとおりたくさんの星が見えて、どうして今まで気にせず生きてきたんだろうと衝撃を受けた。それ以来、夜になると空を見上げる癖がついている。

物理部の次に出てきたのは歴史研究部だった。明らかにスクールカースト上位であろう女子三人が壇上に立って、物理部とのギャップを感じさせる。センターの女子は制服で、その両隣は古代の日本人を再現したような衣装だ。

「皆さんこんにちは！　部長を務める、三年三組の原涼子《はらりょうこ》です。わたしたち歴史研究部では、女子八人、男子三人で、主に日本史について学んでいます」

あれ、よく考えたら平安部じゃなくて歴史研究部でもよくないか？　隣に座っている安以加に目をやると、表情を変えずにステージを見ている。

「昨年度の研究テーマは弥生《やよい》時代でした。二人が着ているのは当時の貫頭衣《かんとうい》をイメージしたものです」

両隣の女子が手を広げてくるりと一回転した。

「文化祭では、その時代を体験できる展示をしています。去年は弥生時代のお米と土器を再現して、実際に炊いたごはんを来場者に試食してもらいました。歴史の教科書には書いていないような観点で、歴史を研究して楽しむのがわたしたちのモットーです」

原涼子は流暢《りゅうちょう》かつにこやかに話す。そのままローカル局のレポーターになれるんじゃないかと思うほどの力量だ。

「もちろん、歴史の勉強にも役立ちます。テスト前はみんなで語呂合わせを作ったりして勉強するんですよ。歴史ってちょっと苦手だなって思っている人も、ぜひお越しください」

見事な発表だった。安以加のほかに平安時代に興味がある人がいても、平安部ではなく歴史研究部に目を向けるだろう。なにより、部長とお近づきになりたくて入部する人がいてもおかしくないカリスマ性がある。

わたしが気を揉《も》んでいるうちに、ステージ上は百人一首部に入れ替わった。二人の女子が向かい合ってかるたを並べ、もう一人の女子がマイクを持って話しはじめる。

「今日は皆さんに競技かるたの実演を見てもらいます」

競技かるたのことは知っていたものの、こうして見るのははじめてだ。

「むらさめの～」

読み上げられた瞬間、二人が動いて札を払った。あまりの速さに講堂がざわつく。

「今のは一字決まりといって、最初の『む』の文字だけで取り札が確定します」

こんな具合で解説をはさみつつ、何枚か取るところを見せてくれた。

「わたしたち百人一首部は、高校からはじめた人がほとんどです。新しいことをはじめたい人はいかがですか?」

考えてみれば百人一首も平安の心に近いではないか。平安部のライバル出現に、どんどん不安になってくる。

すべての部活動紹介が終わり、安以加が発した第一声は「面白かったね」だった。

「ええっ？　ほかの部に人を取られちゃうんじゃないかとか、心配しなかった？」

わたしが言うと、安以加は目を丸くした。

「いみじ！　栞ちゃんはそんなことまで考えてくれたんだ」

安以加よりわたしのほうが平安部に本気になりつつあるのだろうか。

「それより、あたしは来年ステージでどうやって平安部の紹介をしようか考えてたよ。たしかに今のこと考えないとだめだったね」

講堂を出ると、思いがけない光景が広がっていた。さっきまで部活動紹介をしていた先輩たちが花道を作り、チラシを配って一年生の勧誘をしているのだ。中にはすでにマッチングが成功したようで、先輩たちとのおしゃべりに興じている一年生もいる。

「百人一首部、いかがですか？」

先輩二人にピンポイントで声をかけられた。これもわたしが平安顔だから？　コンプレックスが強すぎて被害妄想になっている。

「あたしたち、新しい部を作るつもりなんです」

「えっ、どんな部？」

「平安部です！」

安以加が小学一年生かと思うような元気さで応じると、先輩二人は顔を見合わせた。

「新しい部って、作れるの？」

先輩の冷静な一言に、安以加の顔が曇ったのがわかった。

「たしかに、作ろうなんて思ったことないからわかんないね」

もう一人の先輩もうなずく。

「作れるかどうか、調べてみたほうがいいよ」

安以加は呆然《ぼうぜん》とした表情で固まっている。わたしは「ありがとうございました」と早口で述べて頭を下げると、安以加の腕を引っ張り、ほかの部の勧誘を無視して校舎に戻った。

「あたし、部なんて勝手に作れるものだと思ってた」

「安以加の中学ではそうだったの？」

「さすがに中学ではそうはいかないよ。菅原高校は自由な校風って聞いてたし、部も自由に名乗れるって思ってた」

それはあまりに自由すぎる。

「とりあえず、藤原先生に聞いてみよう」

わたしたちは職員室に駆け込み、担任の藤原先生に突撃した。

「新しい部を作りたいんですけど、どうしたらいいですか？」

「えっ？　何部？」

パソコンに向かっていた藤原先生は、目を丸くしてわたしたちを見る。

「平安部です」

「それは何をする部活なの？」

「平安の心を学びます」

「歴史研究部じゃダメなの？」

「ダメです」

あまりにテンポのよいやり取りに、わたしは卓球の審判のごとく首を左右に振っていた。

「うーん、わたしもそんなこと言われたのはじめてだからわかんない。教頭先生に聞いてみましょう」

わたしたちは藤原先生に連れられて、教頭の前に立った。かっちりセットした髪に、紺のスーツがダンディだ。

「うちのクラスの生徒が新しい部を作りたいらしいんですけど、どうやったらできますか？」

「五人以上集めたら部になるよ。四人以下は同好会」

教頭はパソコンの画面を見ながら答える。せめてこっちを見てくれてもいいんじゃないかと思ったら、教頭の背後にあるプリンタが音を立てて紙を排出した。

「はい」

差し出された紙には「新同好会・新部創設届」とあり、顧問と部員の名前を書く欄が並んでいる。

「同好会には予算がつかないし、部活動紹介のステージに上がれないとか、部室を持てないとか、制限がある。文化祭でも、教室を使うのは部が優先されるから、同好会は発表できないこともあるよ。同好会ができたとしても、たいていその子たちが卒業したら終わりだね。

で、何部を作りたいの？」

「平安部です」

「平安って、平安時代の？」

「そうです」

「歴史研究部があるのに？」

「はい」

　また卓球問答がはじまってしまった。一通りのラリーが終わったところで、教頭は「うーん」と言いながら頭をかく。

「平安時代は明確に歴史の一部なんだから、歴史研究部の専門班としてやったらどうかな。たとえば、歴史研究部平安班みたいに、同じ部活で内容を特化することもできるよ」

　教頭から新たな道筋が示される。

「だいたいよく考えてみてよ。部活動って、クラスや学年の垣根を越えた生徒同士で集まって活動するのが主な目的なの。一年生が少人数で同好会をしたとして、その趣旨が全然活《い》かされないでしょ？　歴史研究部の一部にしてもらえば、それぞれ違うことをしても、歴史研究部の人たちと交流できるからいいと思うんだよね」

　わたしははっとした。たしかに、平安の心を学ぶというのは歴史研究部の分家としてもできることだし、部活動としての体裁もとれるのであれば、悪くない話だ。

「あっちの部長の原さんも、話したらわかってくれるんじゃないかな」

原涼子に対する信頼の厚さがうかがえる。安以加は少し考えてから「わかりました」とうなずいた。

週が明けて月曜日の放課後、わたしと安以加は歴史研究部を訪問することにした。部室棟の二階、２０２の部屋で活動しているという。

「安以加は平安班について、どう思ってるの？」

「できれば独立した部にしたかったけど、班でもいいかなって気持ちもある」

とはいえ、歴史研究部が受け入れてくれるかどうか疑問だ。安以加も同じ気持ちのようで、ドアの前まで来て「緊張するねぇ」と逡巡《しゅんじゅん》しはじめた。

「どう切り出したらいいかな？」

「教頭先生が言ってたとおり、『専門班を作りたいんですけど』でいいんじゃないの？」

次の瞬間ドアが開いて、わたしと安以加は肩を震わせる。

「あれ？　入部希望ですか？」

中から見知らぬ先輩が出てきた。反射的にうなずくと、先輩が奥に向かって「涼子、一年生だよ」と呼ぶ。

「部活動紹介を見て来てくれたの？　ありがとう」

原涼子が姿を現した。近くで見ると顔が小さく、ニキビ跡のひとつもない美しい肌で、ただものではないオーラがあった。

「いや、すみません、入部希望というか、その……歴史研究部に、平安時代に特化した専門班を作りたいんです」

「専門班というのは？」

決して嫌な感じの言い方ではないのに、どこか威圧感がある。安以加は教頭に言われたことをかいつまんで説明した。

「うーん。歴史研究部はいろいろな時代を幅広く研究するのがモットーなので、平安班というのはちょっと」

あくまで感じの良いままで、わたしたちを拒絶する色をにじませている。

「ちなみに歴史研究部の文化祭の発表は、今年は鎌倉時代、来年は江戸時代の予定なの。部員たちの話し合いで決めてるから、再来年《さ》平安時代の発表ができる可能性はあるけど……それは鎌倉時代も江戸時代もちゃんと学んだ上でやってほしい」

もしかしたら気軽に入れてくれるんじゃないかと思っていたけれど、そんなに甘くはないらしい。

「だいたい、あなた、平安時代にどれぐらい詳しいの？」

原涼子が腕を組んで挑発するように質問してきた。ヒヤヒヤするわたしをよそに、安以加は相手の顔を毅然《きぜん》と見上げる。

「詳しさだけで愛は測れません」

おいおいそんな話だったか。一瞬の間をおいて、原涼子は「そうね」と笑った。

「とにかく、うちでは受け入れられない。同好会にしたら？」

安以加はまだ何か言いたそうだったが、わたしは「わかりました」と頭を下げてさっさと部室から退散した。

「どうしても入れてほしかったわけじゃないけど、なんか嫌な感じだったね」

一緒に不満を垂れるつもりだったのに、返答がない。安以加の様子をうかがうと、暗く沈んだ表情をしている。

「栞ちゃん、あたし、どうしたらいいかわからなくなってきた」

さっきの威勢はどこへやら、助けを求めるような口調だった。

わたしたちは中庭に出て、ベンチに並んで座った。そもそもの原点に立ち返ったら、平安部を立ち上げようという時点で間違っていたのかもしれない。活動内容もよくわからないし、部としての体裁も全然整っていない。歴史研究部の一部門にしてもらう道が断たれた今、同好会にするか、五人集めるかの二択である。

「別に同好会でもいいでしょ。わたしと大日向くんと三人で、平安の心を学ぼう」

「栞ちゃんはどうしてこんなに親身になってくれるの？」

たしかに、言われてみればよくわからない。歴史も平安時代も嫌いだったはずなのに、平安部に協力している。

「栞ちゃんがやっぱりやめるって言い出すんじゃないかって不安で」

「言わないよ」

わたしは思わず語気を強めていた。

「わたし、安以加に誘われたとき、新しい高校生活がはじまるんだってワクワクしたの。大日向くんが入ってくれることになって、なんとかなりそうな気がしてきて。部にするには五人必要なこととか、歴史研究部に冷たくされたことはちょっとアレだったけど、わたしはもうこの船に乗ったから」

わたしが言うと、安以加は目尻を指先で拭った。

「ありがとう、栞ちゃん。こうなったら、五人集めて部を目指そう！」

「うん、絶対に集まるよ！」

元気よく宣言したところで、新入部員のあてはない。まずは平安部を知ってもらうことが重要だ。

「せっかくチラシ作ったんだから、配ろうよ」

翌朝、わたしたちは上級生に交じって平安部への勧誘をはじめた。まわりを観察してみると、チラシをただ配るだけの部もあれば、積極的に一年生に話しかけていく部もある。成約率が高いのはどう考えても後者だ。

「平安時代に興味はありませんか？」

わたしはスカートが長い女子を選んで話しかけてみた。せめてチラシだけでも受け取ってくれるんじゃないかと思っていたのに、わたしの存在をまるごと無視して歩いていった。

「一緒に平安の心を学びませんか？」

「興味ないわ〜。ごめんね〜」

安以加は派手系女子に果敢に挑んで散っている。

「平安時代に興味はありませんか？」

めげずに声かけを続けていると、メガネをかけた男子が立ち止まってチラシを手に取った。

「字めっちゃ上手いじゃん。うちの書道部入らない？」

「あ、書いたのはわたしじゃなくて……こちらの平尾さんです」

書道部男子は安以加に目をやった。

「平尾って、あの平尾先生と関係あるの？」

「はい、おじいちゃんです」

安以加の返答に、書道部男子は「すげー」と声を上げる。

「そんなに有名なんですか？」

「うん。僕は違うところで習ったんだけど、書道部にも何人か習ってた人がいるよ。個性を伸ばしてくれるって評判なんだ」

それを聞いてからチラシの文字を見てみると、たしかに上手いだけじゃなく、安以加のまっすぐな人柄が表れているように感じられる。

「平尾先生の孫なんて、エース間違いなしなのに残念だなぁ。気が変わったら入ってよ」

書道部男子はチラシを持ったまま去っていった。

その後も芳《かんば》しい成果が得られないまま、始業時間五分前のチャイムが鳴った。勧誘していた先輩たちがぞろぞろ引き上げていくので、わたしたちもそれに続く。

受け取ってもらえたチラシは書道部男子の一枚を含めて四枚だけだった。そんなものかと思うけれど、やっぱり寂しい。

「三人のうち一人ぐらいは入ってくれるかもよ」

わたしが精一杯の励ましをすると、安以加が急に立ち止まった。その視線の先には平安部のチラシが落ちていて、足で踏みつけられた跡がある。

わたしが何も言えずに佇《たたず》んでいると、安以加はチラシに駆け寄って拾い上げた。

「人が書いたものを踏むなんてひどいよね」

あ、ついついご意見番みたいになってしまった。でもやっぱりわたしにできることなんてそれぐらいしか思いつかない。安以加は「そうだね」とほんの少し笑った。

「二年生にも部活変えたい人がいると思うんだけど、そういう人たちを引き込む方法はないかなぁ」

安以加が言う。一年生のうちはやる気に満ちあふれていても、二年生になって惰性で入り続けている人は多いだろう。

「たしかに、うちの学校は部活動全員加入だから、とりあえず入って幽霊部員になってる人もいるはずだよね」

しかし幽霊部員は部活に現れないから幽霊部員なわけで、探すのに苦労しそうだ。わたしの脳内に、一人の男子の顔が幽霊のように立ちのぼる。

「ていうか、大日向くんがすでに幽霊部員になってない⁉」

まだできていない部の幽霊部員は存在するのか証明せよ、みたいな問題だ。あの口約束が生きているのか、不安でたまらない。

「たしかに」

「せめてLINEのグループでも作ろうか？」

気休めかもしれないが、なんらかのつながりがほしい。ひとまずわたしと安以加を入れた平安部グループを作った。効果はてきめんで、「菅原高校平安部（2）」の文字が表示されるだけでも平安部が幽霊から実体になった気がした。

休み時間、緊張しながら大日向くんのところに向かう。やっぱり入らないと言われても全然おかしくない。部活動紹介、部活動勧誘、その他クラスでの新しい友達。大日向くんを奪うチャンスはいくらでもある。

しかし、大日向くんはわたしたちを見るなり「平安部って、何曜日にやるの？」と尋ねてきた。

「バイトしようと思うんだけど、それによってシフト空けないとならないから」

安堵《あんど》どころか感動すら覚えた。バイトと平安部を同列に組み込もうとしてくれているなんて。

「大日向くんは何曜日がいい？」

安以加が尋ねると、「いつでもいいよ」と返ってきた。

「あたしもいつでもいいけど……栞ちゃんは？」

正直わたしも何曜日でもいいのだが、誰かが言わないと決まらなそうだ。

「月曜日にしようか」

大日向くんも安以加も「オッケー」と同意し、平安部の活動日が確定した。

「バイトって、なにするの？」

菅原高校では学業に支障のない範囲でアルバイトしてもよいことになっている。わたしは自分がバイトするなんて考えもしなかったけれど、同学年の子がどんな仕事をするのか興味がある。

「まだ決まってないけど、コンビニかファミレスかな」

大日向くんはスマホをいじってわたしたちに見せてくれた。

「ほら、高校生可っていうとだいたいこんな感じ」

画面には菅原地区のコンビニやファミレス、それに宅配便の荷物仕分けといった仕事が並んでいた。

「そういうわけで、僕はバイトをメインでやるから、よろしくね」

こんなに堂々と宣言してもらうと、かえってありがたい。

「そうだ、ＬＩＮＥ教えてもらっていい？」

大日向くんもＬＩＮＥグループに入り、「菅原高校平安部（３）」になった。

わたしと安以加は一日でチラシ配りに懲りて、普通に登校することにした。ほかの部は今朝も勧誘に勤《いそ》しんでいる。

「百人一首に興味はありませんか？」

前に話しかけてきた百人一首部の先輩が、またしてもわたしにチラシを差し出してきた。平安顔だからではなく、単にチラシを渡しやすい顔をしているのかもしれない。

「あっ、ごめん、こないだの」

先輩はすぐに気付いてチラシを引っ込める。

「新しい部活作るって言ってたよね？　どうなった？」

その質問に含みはなく、単純に気になって聞いてくれているようだった。

「部にするには五人集めないといけないんですけど、今のところ三人なんです」

「そっかー、がんばってね」

そこへ安以加が息を弾ませながらやってきた。

「百人一首部に、幽霊部員はいらっしゃいませんか？」

不躾《ぶしつけ》の見本みたいな質問だ。先輩も面食らった表情を見せる。

「二年生にも平安部に入ってくれる人がいるんじゃないかと探しているんです。もしも幽霊部員がいたら勧誘したいねって言ってたんですけど……」

「ちょっと、直球すぎない？」

小声で安以加にダメ出しする。

「だって、これぐらいはっきり聞かないと見つからないでしょ」

安以加も小声で答える。わたしが謝ろうと顔をあげると、先輩は手で口を押さえて「そういえば、いるわ」とつぶやいた。

「明石《あかし》すみれさんっていう子なんだけど、たぶん、三回ぐらいしか来たことない。うちの部の練習は自由参加で、毎日来るガチ勢もいれば、週に一回顔を出すエンジョイ勢もいるって感じなの。でも、その子は百人一首に関心があるだけで競技かるたはやりたくない、自分で研究するとか言って、全然来なくなっちゃって」

わたしは思わずつばを飲み込んでしまった。百人一首に関心があるなら、平安時代にも関心を持っているかもしれない。

「その人、二年何組ですか？」

「何組だったかな？　他の子に聞いてみるから、ちょっと待っててもらえる？」

先輩がスマホを操作しはじめた。一体どんな人なんだろう。まだ見ぬ明石すみれさんへの期待が膨らんでいくのを感じる。

「安以加は百人一首にも興味あるの？」

返事を待つ間手持ち無沙汰になって、安以加にこそっと聞いてみる。

「うん、もちろん全部覚えてるよ」

「さすが」

わたしは断片的に知っている程度で、全部言える歌はひとつもない。よく考えたら安以加は書道部にも百人一首部にも適性がありそうなのに、わざわざ平安部を作るなんて、どんなモチベーションなんだろう。

「明石さんは二年一組だって」

「ありがとうございます！」

わたしたちは深々と頭を下げ、明石さんに会うため二年一組の教室を訪ねた。菅原高校の教室棟は二階が一年生、三階が二年生、四階が三年生の教室になっている。ひとつ上の階に行くだけで、歩いている人たちがぐっと大人っぽくなる。

「なんだか緊張するね」

安以加の言うとおり、大日向くんのときよりずっとドキドキしている。

「でもきっと、こういうのは堂々と行ったほうがいいよ」

一人だけなら引き返していただろうに、安以加に対してちょっといい格好をしたくなっている。「失礼します」と小声で言って、二年一組の教室に入った。

教室はいい感じにざわざわしていて、わたしたちに注目する人はいない。座席表によれば明石さんは出席番号一番らしく、窓際の一番前の席でスマホをいじっていた。

「すみません、明石さんですか？」

わたしが話しかけると、明石さんは顔を上げて不審そうな表情を浮かべた。

「そうだけど」

幽霊部員というフレーズから細身で幸薄《さち》そうな人を勝手にイメージしていたが、明石さんは普通体型でショートカットの健康そうな女子だ。手の中のスマホケースにはキティちゃんが大きくあしらわれている。

「あたしたち、平安部という新しい部を作ろうとしているんです。もしよろしければ、明石さんに入ってほしいなと思いまして……」

安以加が言うと、明石さんは濃い眉毛を寄せて「平安部？」と聞き返した。

「平安の心を学ぶ部活です」

なぜか明石さんは警戒が解けたような顔をした。

「あぁ、だからそんなに髪が長いんだ！」

「気付いてくれましたか！」

うれしそうな安以加を見て、わたしも気付いたときに言ってあげたらよかったなと思う。

「明石さんは競技かるたじゃなくて百人一首の内容に興味があったと聞いてます」

「そうそう、そうなの！　百人一首部じゃなくて競技かるた部を名乗ってほしい」

「明石さんの気持ち、わかります。あれは別物ですよね。あたしも中学のときに学校行事でやったんですけど、音を聞いて飛び出すのが全然うまくできなくて」

安以加が深くうなずいて共感を示している。

「でも、どうしてそれを知ってるの？」

「百人一首部の先輩に平安部に入ってくれそうな人がいないか相談したら、明石さんを紹介されたんです」

「マジか」

たしかに「マジか」としか言いようがない案件である。明石さん視点では、百人一首部から戦力外通告をされたようなものだ。

しかし明石さんはあっさりしたものだった。

「それなら平安部に入れてもらおうかな」

今度はわたしが「マジか」とつぶやいてしまった。

「ありがとうございます！」

安以加は文字通り飛び跳ねて喜びを表現している。人間うれしいと浮くらしい。

「ぶっちゃけ、百人一首部を退部するにもしづらくて困ってたんだ。あっちがわたしを紹介したなら、やめても問題ないってことだよね？　ちょうどよかったよ」

明石さんは豪快に笑った。


「すごいね、四人になったよ」

二年一組の教室を出て、安以加がうっとりとＬＩＮＥの画面を眺める。ついに「菅原高校平安部（４）」までできた。

「二年生作戦、大成功だったね」

全員強制加入という仕組み上、今入っている部をやめたくてもやめづらい人はたくさんいるはずだ。だけどそれを掘り起こすのは難しい。明石さんにも幽霊部員に心当たりがないか尋ねたが、収穫はなかった。

「栞ちゃんは二年生に知り合いっていない？」

　一応、陸上部時代の先輩が何人かいるけれど、みんな運動部に入っているようだ。運動部から平安部という方向転換はなかなか難しいだろう。わたしの反応の悪さを感じ取ったようで、安以加が「あたしもいることはいるけど……」と語りだした。

「最後の切り札っていうか……ちょっと変わった人で……」

　安以加が「うーん」と悩ましげな声を出して両手で顔を覆う。なんなんだその人物は。部員を集めようとしているのに、声をかけようかどうか迷う相手。

「元カレ？」

　わたしのたどり着いた答えに、安以加は「ちがうちがうそんなんじゃないから」と両手を高速でバタバタ動かした。これはますます怪しい。

「会うだけ、会ってみる？」

　そんなの会いたいに決まってる。

「うん、会いたい」

「でも、しばらく会ってないから心の準備がいるというか……」

　そんなことを言いつつ安以加のほっぺたは緩んでいる。

「なんていう人？」

「光吉《みつよし》幸太郎《こうたろう》。でも、何組か知らないし、今どんな姿をしてるのかもわかんない」

みつよしこうたろう。頭の中で復唱する。

「いつから会ってないの？」

「最後に会ったのは、あたしが小五のときかな。小中学校は違うけど、うちの書道教室に通ってたの」

安以加は二年生の教室を順番にのぞいていくが、二年六組まで来てもそれらしき人は見つからなかった。

「もうすぐ授業はじまるし、いったん戻ろうか」

残念だけどしかたない。わたしたちが階段を下りはじめると、一人の男子が上ってくるのが見えた。地方の公立高校のイケてないブレザーなのに、明らかにオーラが違う。スタイルがいいのか、あるいは顔がいいのか。まるで発光しているようで、視線が自然と吸い寄せられる。するとそのイケメンが急に顔をほころばせた。えっ、わたしが見てるのバレた？　とっさに視線を横に向けると、安以加も笑顔でその男子を見ている。

「こんなとこでなにしてんだよ、安以加」

顔だけでなく声もいい。ていうか、安以加って言った？

「幸太郎を探しに来たんだよ」

まさかの呼び捨てである。光吉さんは階段の二段下にいるのに、安以加よりもまだ背が高い。ネクタイの結び目はほどよく緩められていて、容姿への自信が感じられる。

「あたしたち、新しい部を作ることになったから、二年生に入ってくれそうな人がいないか探してたの」

「なんだよそれ、俺が入るよ」

わたしは吉本新喜劇ばりにずっこけそうになったが、手すりを持ってこらえた。わたしの脳内に「菅原高校平安部（5）」の文字が浮かぶ。これでめでたく平安部成立の条件クリアである。

ところが安以加は眉をひそめて言い返した。

「いや、幸太郎に入ってもらいたいわけじゃないから」

えぇっ、願ってもないチャンスなのに？

「そっか～」

光吉さんも軽い調子で返す。

「そもそも、幸太郎って何部に入ってるの？」

「昆布」

不覚にも笑ってしまった。こんなに端整な顔をして、発言が小学生である。安以加はわたしのほうに向き直り、「だから会うの嫌だったんだよ～」と拳をぽこぽこ振ってみせた。

「あなたは安以加に振り回されてる人？」

光吉さんがわたしのほうを見ている！　それだけで心臓が破裂しそうに苦しい。

「わ、わたしは、安以加と同じクラスで、平安部に入ることになった、牧原栞です」

「栞ちゃんか。安以加のことよろしくね」

ちゃん付け？　このわたしを？　わたしが行っていた小中学校では男子が女子をちゃん付けで呼ぶことなんてなかった。一軍女子には「ゆきりん」とか「まいまい」的な愛称があったけど、わたしは常に「牧原」とか「牧原さん」だった。

「幸太郎、アホなのによくこの高校入れたね」

安以加の失礼すぎる発言にヒヤヒヤしていると、光吉さんは事もなげに「俺は顔推薦で入ったから」と返す。

こんな人、わたしのこれまでの人生で会ったことがなかった。安以加と光吉さんを輩出した書道教室って、いったいどんなところなんだろう。

「俺は一応物理部なんだけど、行っても行かなくてもいい感じだし、全然入るよ」

「物理部なんですか？」

わたしは思わず聞き返した。

「部活動紹介出てませんでしたよね？　光吉さんが出たらみんな入りそうですけど」

ステージに上がっていたのはクラスの中でも目立たなそうな男子たちだった。こんなイケメンがいたら絶対に気付いていたはずだ。

「うーん、あれはほら、男子だけで地味にやりたい部だからさ、女子がたくさん入ってこられても困るっていうか」

だいぶうざいことを言っている気がするが、それを感じさせないパワーがある。

「平安部って、今何人いるの？」

「四人だよ。あと一人で部になる」

「うわー、俺が最後の一人じゃん。ヒーローは遅れてやってくるってやつだ」

光吉さんは両腕をそろえて右に伸ばし、戦隊ヒーローっぽい決めポーズをした。もしかしたらめちゃくちゃ純粋な人なのかもしれない。

「光吉さんも乗り気だし、入ってもらったらどう？」

「うーん、でも、幸太郎に借りを作りたくないっていうか……」

安以加がうなっているうちに、チャイムが鳴りはじめた。

「ま、俺はどっちでもいいから、入ってほしくなったら言って」

光吉さんは軽く右手を振って階段を上がっていった。


「どうして光吉さんじゃダメなの？」

昼休み、お弁当を食べながら安以加に尋ねる。

「幸太郎はあたしの黒歴史なの」

安以加は真剣な顔で述べて、ミニトマトを食べた。

前後の席のわたしたちは昼休みになると机を合わせて一緒にお昼を食べる。安以加のお弁当箱は木製で、和柄の上等そうな布に包まれている。入学初日に差していたのも和傘だったし、和物にこだわっているらしい。ただしお弁当の中身はわたしたちと変わりなく、冷凍食品のミニグラタンが入っていたりする。

「黒歴史ねぇ」

誰だって黒歴史のひとつやふたつあるだろう。

わたしは小学校高学年の頃、ザ・ファースト・テイクに憧れていた。ミュージシャンがマイクしかない白い部屋で、一発撮りでパフォーマンスする動画だ。見ているうちにわたしもやってみたくなり、おもちゃのマイクをそれっぽく設置し、タブレットを本棚に置いて撮影していたら、妹が部屋に入ってきた。妹は一瞬固まった後、

「あっ、ごめん」

とあわてた様子で去っていった。幸い親には言わなかったようだが、今思い出しても奇声を上げて逃げたくなるほど恥ずかしい。

「それに、なんていうか、幸太郎ってちょっとヘンっていうか、あっちのペースにのみ込まれちゃう感じがあって……」

「たしかにそんな印象はあったけど、昔からそうだったの？」

安以加はため息をついてうなずく。

「うん。全然変わってなかった」

「あーいかっ」

見れば、教室の入口で光吉さんが手を振っている。背が高いだけでも目立つのに、一人だけ解像度がテラバイトぐらいありそうなオーラを放っている。

「なによ」

眉をひそめる安以加とは対照的に、光吉さんはにこやかに教室に入ってきた。教室内の女子たちがこっちを見てざわついているのがわかる。

「これ、見たよ」

光吉さんが持っていたのは平安部のチラシだった。

「安以加は昔から平安時代が好きだったもんな」

何を言っても絵になる。こんな幼なじみがいるなんて、異次元すぎて嫉妬のひとつも浮かばない。

「このチラシ、ほとんど配ってないのにどこで手に入れたの？」

「教室のロッカーの上に放置されてたんだよ。懐かしいな、右払いは一度止めないと怒られるやつ」

毛筆で書かれた文字をなぞる指も長くて、見ているだけでドキドキしてしまう。

「俺も一緒に平安の心を学ぶよ」

安以加は口を閉じて黙っている。

「とりあえず……って言い方はよくないかもしれないけど、入ってもらおうよ。これで平安部になるんだよ」

たまらずわたしが提案すると、安以加は光吉さんを見上げて口をひらいた。

「昔あったこと、平安部のみんなにはしゃべらないでくれる？」

光吉さんは「あ、そゆこと？」とつぶやくように言って、うなずいた。

「俺はアホだから全部忘れたよ」

安以加はふうっと一息つくと、「入ってくれてありがとう」と表情を緩める。なんなんだこのやり取り。いつのまにかわたしだけ蚊帳《かや》の外に追いやられたみたいだったけど、話はまとまったらしい。

「じゃあ、幸太郎のＬＩＮＥ教えてもらえる？」

安以加がスマホを取り出すのを見て、にわかに緊張してきた。わたしも光吉さんとＬＩＮＥでつながるのか。安以加が光吉さんのコードを読み込んで、グループに追加する。

「五人、そろっちゃった」

あわててスマホを取り出し、ＬＩＮＥのアイコンをタップする。一瞬表示される緑色のロゴ画面すらもどかしい。「菅原高校平安部（５）」のグループ名が見えると同時に、わたしはスマホを持ったまま両手でガッツポーズをしていた。

「やったー！」

ぶっちゃけ、高校に合格したときよりもうれしかった。

「よかったねぇ」

目を細める光吉さんに、さっきまで頑《かたく》なだった安以加も「うん、よかった」と応じている。

〝えっ、光吉くんが入るの〟

グループトークに明石さんのメッセージが表示された。同学年の中でも目立つ存在だろうし、急に入ってきたら驚くのも無理はない。

〝そうです。よろしくね〟

大日向くんからも〝5人そろいましたね！　よろしくお願いします！〟とメッセージが入り、意外と律儀なやつなんだなと思う。

「それじゃ、またね」

光吉さんが去っていくと、近くでお弁当を食べていた女子がわらわらと集まってきた。

「今の人、誰？」

「平尾さんの知り合いなの？」

「ていうか何者？」

わたしが小さかった頃、歌姫と呼ばれる女性アーティストがNHKのど自慢のゲストで森富文化会館にやって来た。たまたま車から降りるところを見かけたのだが、細くて顔が小さくて、同じ世界に生きているとは思えなかった。光吉さんにはそれと同じぐらいのインパクトがある。

「二年生の光吉幸太郎。あたしの幼なじみなの」

安以加が事もなげに言うと、みんなから「すごーい」「いいなー」の声が漏れる。これは部員勧誘のまたとないチャンスだ。

「光吉さんは平安部に入ることになったんだけど、みんなもどう？」

わたしは努めて朗らかに言ったのだが、女子たちの温度が急降下するのがわかった。

「あっ、わたしはもう部活決めたから大丈夫」

「あの人平安部入るんだ？　すごいね」

ひとりふたりと離れていき、わたしたちのまわりには誰もいなくなった。イケメンとお近づきになれるチャンスをふいにするほど怪しい平安部。一人ぐらい興味を持ってくれてもいいのに。

しかし安以加はまったく気にしていない様子だ。食べ終わったお弁当箱を片付け、新同好会・新部創設届を机に広げている。

「いよいよ書けるね」

安以加はボールペンを握り、「新同好会・」に二重線を引いて抹消した。とめはねはらいが完璧な楷書で五人のクラスと氏名を書き込んでいく。

一年五組　平尾安以加
一年五組　牧原栞
一年二組　大日向大貴
二年一組　明石すみれ
二年三組　光吉幸太郎

惚《ほ》れ惚《ぼ》れするような美文字だった。わたしが写真を撮って平安部のＬＩＮＥグループに送信すると、大日向くんから即座に「いいね！」のスタンプが返ってくる。

「顧問の先生はどうしよう」

こればかりは一生徒にはどうしようもない。とりあえず担任の藤原先生に相談しようということになり、職員室に向かった。

「えっ、五人集まったの？」

藤原先生は自分の席でコンビニのチョココロネを食べていた。その傍らにはストローの刺さった緑色の豆乳パックがあって、それが昼食なのかと若干心配になる。

「正直、無理だと思ってたよ。おめでとう」

新部創設届を見た先生は立ち上がって拍手してくれて、やっぱりすごいことだったんだと実感する。

「でも、顧問の先生がいないんです」

「うーん、わたしは数学研究部の顧問をしてるから……教頭先生に聞いてみましょう」

逃げるように教頭の席に移動した藤原先生だが、あっさり返り討ちにあう。

「藤原先生が顧問をしたらいいじゃないですか」

教頭に言われた藤原先生はわざとらしく右膝をがくっと折ってみせた。

「だって、わたしは数学研究部の顧問で……」

「数学研究部の活動日は水曜日。平安部の活動日である月曜日とは重ならないでしょう」

教頭は組んだ両手を机に乗せて、藤原先生を見上げている。

「こちらも、藤原先生の負担にならないようにします」

安以加まで説得側に回りはじめた。

「でも、わたし理系だし、平安時代のことなんてさっぱり」

「わたしもです！」

全然自慢にならないところだけど、声を張って強調してみた。

「あたし、藤原先生と平安の心を学びたいんです！」

安以加が畳み掛けると、藤原先生はため息をついた。

「わかった。名前を貸すだけだからね」

藤原先生の率直すぎる言い草に、教頭は苦笑している。安以加は教頭の机を借りて、顧問教師の欄に「藤原早紀子」と書き込んだ。

「平安部の顧問が藤原とは、あはれなり」

満足げな安以加を見て、これも狙っていたのかと納得する。

「教頭先生、できました！」

安以加が新部創設届を差し出すと、教頭も立ち上がって両手で受け取った。

「はい、よくがんばりました」

教頭の笑顔を見たら、熱くなっていた胸がひゅっと冷たくなるのを感じた。

——平安部って、何やるの？

「いよいよはじまったね」

この世のすべてを手に入れたかのような顔をする安以加に、今さらそんなことは聞けない。

仮に聞いたところで「平安の心を学ぶ」とお決まりの答えが返ってくることは必至だ。

「部室棟、空きがあるからすぐに使えるよ」

教頭が言う。何を入れるかわからないのに、容器だけが整っていくようだ。

放課後、わたしと安以加はさっそく部室に足を運んだ。平安部に割り当てられたのは部室棟の一階の端にある１０５の部屋だ。ドアを開けると奥に窓があり、美術室にあるような大きな木製テーブルと、パイプ椅子が八脚ある。部室というより会議室みたいだ。

左の壁には教室のものより一回り小さい黒板があって、右の壁沿いには中身のわからないダンボール箱がいくつか積み重なっている。

「なんだかワクワクするね」

安以加はパイプ椅子に座ってスマホを操作しはじめた。わたしはスマホでなんとなく部室の写真を撮ってみる。ＬＩＮＥの通知がきたので開いてみると、平安部のグループに安以加の創部あいさつが投稿されていた。

「本日、平安部の創部届が受理されました。部室棟の１０５が活動場所です。顧問は一年五組の担任、藤原早紀子先生です。来週月曜日に初回の活動をします。まずは顔合わせで親睦を深めましょう！」

はじめに伝える連絡事項としては満点である。具体的な活動内容もそのとき明らかになるのかもしれない。わたしは安以加の投稿に、ネコが「は〜い」と前脚を上げているスタンプで応じた。

第二章

俺たち初期メンじゃん

月曜日はなんとなく憂鬱な気分で登校するけれど、今日から平安部がはじまると思うと少しだけ元気が出る。安以加、大日向くん、明石さん、光吉さんの顔を思い浮かべながら、学校への道を歩く。

「栞ちゃん、見て見て」

安以加は登校してくるなり、わたしの机に紫色の風呂敷包みを載せた。結び目をほどくと、「平安部」と毛筆で書かれた木片が現れる。

「じゃーん」

安以加が持ち上げた木片はまな板ほどの大きさで、上部にはドアに引っ掛けるためのひもが通してある。文字は迫力のある行書で、誰が書いたかは聞くまでもないだろう。

「すごいね」

そのまま寺院に飾ってあっても違和感がなさそうだ。こんな特技があるのに、平安部のためだけに使うなんてもったいない気がしてしまう。

「平安部、マジでできたんだ」

八木くんが平安部の看板を見て言う。

「そうそう。八木くんのおかげで大日向くんが入ってくれたんだよ。ありがとう」

安以加が言うと、八木くんの顔に困惑が浮かんだ。

「えっ、そ、そうなんだ。そりゃよかった」

どうやらあの後のことは知らなかったらしい。中学時代のチームメイトが得体の知れない平安部に入ったとなれば、こういう反応にもなるだろう。安以加はそれに気付いているのかいないのか、「ほんとに感謝してるよー」と朗らかに言った。

やっぱり平安部に対する世間の反応はあんな感じだろう。自分から望んで入ったものの、これでよかったのかというささやかな疑問は残る。

それでも放課後、安以加が背伸びして部室のドアに看板を掲げたときには感動した。ただの空き部室が、平安部の拠点に変わる瞬間に立ち会ったのだ。

「えっ、なにこの看板」

そこへちょうど明石さんがやってきた。

「安以加が作ってきたんです」

「すごい、本格的だね。このまま売れそう」

明石さんはスマホで写真を撮っている。

「ありがとうございます」

安以加がうれしそうに答えるのを見て、前にもこんなことがあったなと思う。うまい具合に伝える言葉を考えているうちに、タイミングを逸してしまうのだ。明石さんみたいに、もっと無邪気に発言できたらいいのに。

ドアを開けると、明石さんが「部室だー！」と声を上げた。

「百人一首部は和室を使ってるから、こういう部屋じゃないんだよね」

明石さんは机にカバンを置き、のしのし奥へと歩いていって窓を開けた。部屋の中に涼しい空気が流れ込んでくる。窓の向こうはグラウンドで、坊主頭の野球部員たちが走り込みをしているのが見えた。

「そういえば、なんで光吉くんが入ったの？」

明石さんがこっちを向いて尋ねる。

「あたしたち、幼なじみなんです」

「へぇ〜、そんなことあるんだ」

「光吉さんは同学年の間ではどんな存在なんですか？」

「謎のイケメンだね」

わたしは思わず「あぁ」と声を漏らした。少し会話を交わしただけでも、扱いづらそうな人物であることが伝わってきた。

「歴史研究部の原さんと付き合ってるって聞いたことあるけど、本当かどうかは知らない」

明石さんが何気なく放った一言に、安以加の顔から表情が消えた。やっぱり安以加は光吉さんになんらかの感情があるのだろう。

「あっ、でも、ただの噂《うわさ》だよ？」

明石さんも安以加の変化に気付いたようで、あわててフォローしている。

わたしもこれはよくある事実無根のゴシップだと思う。中学のときだって、誰それが付き合っているという噂はたくさんあったが、その真偽は定かではなかった。幸い（？）わたしは「からかうとヤバいやつ」認定されていたから、噂されるようなことはなかった。

だいたい、みんなが楽しめる噂なんて美男美女のものだと相場が決まっている。三年生の原涼子と二年生の光吉幸太郎、学年が違うのに噂になるほど目立つ存在なのだろう。

「こんにちは」

ドアを開けて大日向くんが入ってきた。いついなくなってもおかしくないと思っていたから、本当に入ってくれたんだってうれしくなった。

「はじめまして、二年の明石すみれです」

「あ、一年の大日向大貴です」

教頭の言っていた、クラスや学年の垣根を越えた生徒同士というフレーズが思い出される。元百人一首部と元サッカー部、接点のなさそうな二人が平安部で出会うなんて奇跡みたいだ。

「たぶん幸太郎は……いや、光吉さんは遅刻してくるから、はじめましょうか」

安以加が一番隅の席で、その隣にわたし、明石さんの順に座り、明石さんの向かいに大日向くんが座った。

「まず、あたしは、平安部を作ろうと言い出した平尾安以加です。安以加って呼んでください。菅原南中の出身で、家は書道教室です」

「だから字が上手いんだ」

明石さんがうなずく。

「小さい頃から平安時代に憧れていて、平安の心を学ぶ部活を作りたいと思っていました。だから、こうして、ちゃんと五人そろって平安部になったことが……」

安以加は感極まったらしく、声をつまらせた。

「すごくうれしいです。入ってくれてありがとうございました」

安以加が大日向くん、明石さん、わたしに順番に視線を向けた。そういえばわたしも安以加から見たら「入ってくれた」人なのか。すっかり発起人のつもりになっていた。明石さんが拍手をしたので、わたしも手を叩《たた》く。

「次、栞ちゃん」

「あっ、わたしは、安以加と同じ一年五組の牧原栞です。森富中から来ました。もともと理系志望で、平安時代のことなんて全然わからないんですが、一緒に勉強していこうと思います。よろしくお願いします」

明石さんが拍手をはじめるのと、ドアが開くのはほぼ同時だった。

「遅れてごめんなさーい」

藤原先生だった。名義貸し顧問だから来ないだろうと勝手に決めつけていたが、ちゃんと来てくれたらしい。

「先生すみません。もう自己紹介はじめちゃいました」

「あぁ、別に構わないよ。途中から入らせてもらうね」

藤原先生はそう言って、わたしの向かいに座った。

「これで全員?」

「あと、二年の光吉さんが来るはずです」

安以加が言う。はじめて会ったときも遅刻ギリギリで登校していたなと思い返していたら、ちょうどドアが開いた。

「お待たせしました～」

殺風景な部室にミラーボールが点灯したかのようだった。その笑顔に、思わず視線が惹《ひ》きつけられる。

「遅れてごめんね、たい焼き食べたくなっちゃって」

光吉さんは茶色い紙袋を掲げてみせた。高校の近くにたい焼きのお店があるのは気付いていたけれど、買ったことはない。

「俺からのプレゼントだよ。みんな一個ずつ取っていって」

わたしと安以加の前に紙袋が置かれたので、お言葉に甘えてひとつ取り出す。まだちゃんと温かくて、買ってきたばかりだとわかる。こんなことされたら、女子に限らずみんな光吉さんを好きになっちゃうだろうなと思う。

「えっ、わたしももらっちゃっていいの? なんか悪いね」

藤原先生もうれしそうにたい焼きを取った。

袋が一周して、おのおの食べはじめる。わたしはしっぽから食べる派だが、安以加と光吉さんは頭から食べているし、大日向くんは半分に割って食べている。

「ここのたい焼き、久しぶりに食べたよ。おいしいよね」

明石さんが言うので、わたしも「おいしいです」と同意する。あんこが甘すぎず、ふっくらした生地にマッチしている。食べ終わると、体中が温まった気がした。

「さっき、途中まで自己紹介してたんですけど、仕切り直しますね。あたしは平安部を作ろうと言い出した、平尾安以加です。実を言うと、平安時代のことにはそれほど詳しくないんです」

たい焼きで心が緩んだのか、衝撃の新事実が飛び出した。わたしは「えぇっ」と声を上げ、安以加が小声で「ごめん」と手を合わせる。

「百人一首や源氏物語絵巻を見て、なんとなくいいなって憧れているだけで、平安時代がどんな時代だったかよく知らないんです。これから、平安時代のことを学んでいきます」

だから「平安の心を学ぶ」とか歯切れが悪かったんだと納得する。それにしても、憧れだけで部活を作ってしまった行動力は見習いたい。

「それじゃ、続けて栞ちゃん」

「えっと、牧原栞です。安以加に誘われて平安部に入ったのですが、わたしも平安時代のことは全然詳しくありません。だから今、安以加も詳しくないって聞いて、びっくりしてます」

隣の明石さんから笑い声が聞こえて、ほっとして続ける。

「でも、今こうしてみんなと顔を合わせて、楽しい部活になるといいなって思っているところです。これからよろしくお願いします」

活動内容が不明なうえに、発起人の安以加も平安時代に詳しくないなんて、本当は不安しかない。だけど、わたしの自己紹介に拍手を送ってくれる五人を見たら、なんとかなりそうな気がした。

「次はわたしだね。二年の明石すみれです。このあたりは地元で、歩いて十分ぐらいのところに住んでます。百人一首部からヘッドハンティングされて平安部に来ました。平安時代というより和歌が好きなので、みんなと勉強していけたらなと思います。よろしくお願いします」

大日向くんが咳払《せきばら》いをして口をひらく。正直この中で一番考えが読めない。いや、光吉さんもだいぶ何考えてるかわからない人だけど、大日向くんとは種類が違う。

「大日向大貴です。中学までサッカー部でした。平安時代のことは全然知りません。バイトをしようと思ってて、活動の少ない平安部に入りました。よろしくお願いします」

「なんのバイト？」

藤原先生が身を乗り出して尋ねる。

「コンビニに応募して、明日面接なんです」

「へぇ〜、面白そう」

わたしは家の最寄りのコンビニを思い浮かべた。家からは五百メートルぐらいで、わたしは自転車で行くが、親は平気で車を使う。レジとか品出しだけじゃなく、宅配便の受付とかチケットの発券とかたくさん業務があって大変そうだ。

「平安部とコンビニ、全然重ならないのがいいね」

明石さんも楽しそうに言う。

「藤原先生からも、自己紹介お願いできますか」

「あぁ、そうね。わたしは一年五組の担任の藤原早紀子です。担当教科は数学です。もともと理系で、平安時代のことなんて全然わからないのに平安部の顧問になっちゃった、と思っていたらみんなもわからないことがわかって、おいおい大丈夫かと思っています。でも、わたしとしては問題を起こさず活動してくれたらなんでもいいです！」

わたしは藤原先生の物言いにこそ「おいおい大丈夫か」と思わされるが、そういう裏表のない人らしい。

「じゃあ、最後は俺だね？　光吉幸太郎です。小学生の頃、平尾書道教室に通っていた縁で、物理部から移ってきました。平安部が何をやるのかまったくわからないまま入ったら、みんなも全然わかってないみたいで、安心しました」

うん、たしかに誰もなにもわかっていない。もはや平安部じゃなくてもよかったんじゃないかという気すらする。

「それでは、このメンバーで、これからよろしくお願いします」

安以加がまとめると、みんな座ったまま頭を下げた。

「ところで、部長って誰？」

藤原先生の言葉に、部屋が一瞬しんとなった。

「えっ、安以加ちゃんでしょ？」

明石さんが言う。

「そういえば、考えてなかったです。あくまであたしは言い出しただけで……。一年より二年がやったほうがいいですよね？」

「そういう決まりがあるのか知らないけど、だいたい上級生がやってるよね」

藤原先生が首を傾《かし》げる。

「部長とキャプテンは違うってことじゃないですか？　部長は二年生で、キャプテンは平尾さんでいい気がします」

大日向くんの意見に、みんな「あ～」と納得する。

「となると、部長は二択だけど……」

「俺やってもいいよ」

光吉さんが開いた両手を顔のそばで振る。

「すみません、明石さんお願いできますか」

安以加が素早く明石さんにパスを出す。

「えっ、光吉くんやる気だけど」

「ちょっと目立ちすぎるというか……」

光吉さんは気を悪くした様子もなく、

「それなら安以加がやればいいんじゃない？　別に一年でも構わないと思うよ」

と提案した。

「うん。わたしも安以加ちゃんがいいと思う。この部を立ち上げたのは安以加ちゃんだし、百人一首部を抜けていきなり部長っていうのも気まずいから」

「どうしよう、あたし、部長やってもいいのかな」

安以加が助けを求めるようにわたしのほうを見てきた。

「全然問題ないと思うよ」

むしろわたしはずっと安以加が部長だと思っていた。あとのメンバーも異論はないようでうなずいている。

「それではあたしが部長を務めさせていただきます」

安以加が言うと、拍手が上がった。

「一から部活を作るっていうのは新鮮ですね」

大日向くんが言った。たしかに、中学のときに入っていた陸上部は昔からある部だったから、部室や部長の話で迷うようなことはなかった。

「平安部が何十年も続いたら、俺たち初期メンじゃん」

「たしかに！　なんだかワクワクしてきた」

光吉さんと明石さんが盛り上がっている。

「で、どんな活動するの？」

藤原先生が声を上げると、温まっていた部室の空気が放物線を描くように急降下し、冷たく静まり返った。

「一応わたしが顧問になってるし、何をやってるか聞かれたときにちゃんと答えられないと困るじゃない？」

「さしあたり、これを持ってきました」

安以加はカバンから手のひらサイズの紙箱を取り出した。箱を開けると、使い込まれた質感のカードが出てくる。

「なにそれ、トランプ？」

明石さんが安以加の手元をのぞきこむ。

「はい、平等院で売ってるものです」

わたしはその図柄を見て思わず噴き出した。安以加が並べたカードには仏像の写真がプリントされていて、ハートのエース、ハートの２、ハートの３といった具合に通常のトランプと同じマークと数字が割り振られている。

「トランプで遊びながら、平等院の雲中《うんちゅう》供養《くよう》菩薩《ぼさつ》像が覚えられるんです」

どの菩薩もポーズや持ち物が違っている。

「これ、全部違うの？」

藤原先生が安以加のそばにやってきてカードを手に取る。明石さんも「おもしろーい」と目を輝かせていた。

「はい、五十二種類あるんです。あたしの推しは南13号です」

各菩薩に名前はなく、南1号~南26号、北1号~北26号と、方角と番号で区別されているらしかった。安以加の推しの南13号は丸い頭に安らかな表情で合掌している。

「せっかくですから、みんなで神経衰弱しましょう」

安以加はカードを裏返しにしてシャッフルした。

「神経衰弱なんていつぶりだろう」

「覚えられるかな」

わたしも小学生のとき以来だから全然自信がない。実際はじめてみると、菩薩の写真は五十二種類バラバラだから、違う写真がペアになる。結局見るのは左上の数字なわけで、菩薩の姿はまったく関係ない。

でも明石さんは「さっきの太鼓持ってたやつ!」とか、大日向くんは「笛を吹いてる菩薩が8だったような」などと、ビジュアルもあわせて記憶しているようだった。

第一回平安部神経衰弱大会は、二十枚取ったわたしが優勝してしまった。ただペアを探していっただけだが、「おめでとう」と言われて悪い気はしない。

「次はポーカーしよう」

手元に五体の菩薩が並ぶ様子はなかなかシュールである。神経衰弱と同様、全然違う菩薩でも数字がそろえばペアになる。明石さんや光吉さんはポーカーとは関係ないところで「合掌してるペア！」とか「立ち上がってる菩薩スリーカード」などと盛り上がっていた。

ババ抜きまで終わったところで、

「ていうか、これってトランプ部じゃない？」

と、藤原先生がもっともなことを言い出した。一番ノリノリだった明石さんも我に返ったように「たしかに！」と声を上げる。

「これは初回の親睦会です。これから平安時代に関するテーマを設定して、十月の文化祭で発表できるようにします」

答える安以加はすっかり部長らしくなっていた。

「わかった。ほかの先生に聞かれたらそう言っておくね」

「それなら、みんなで菅原市の歴史博物館に行ってみない？　これからの活動のヒントが見つかるかも」

明石さんが提案してくれた。

「あ、ごめん。部での課外活動になると学校に許可取りしないといけないから、プライベートで仲良くなって行ったことにしてもらっていい？」

藤原先生のとことん面倒事を避けたい姿勢には尊敬を覚える。わたしたちが承諾すると、

「それじゃ、あとはよろしく」と去っていった。

「藤原先生、大丈夫かな」

思ったことが口から出た。光吉さんは「自由にやらせてくれて、逆に気楽かもね」とポジ

ティブに言う。

その後わたしたちは七並べをして初回の活動を終えた。わたしと安以加は職員室に部室の鍵を返してから学校を出る。

「夢みたいに楽しかったね」

安以加がしみじみと言うように、わたしも実際楽しかった。最後のほうはそれなりに菩薩の顔を覚えていて、北18号の右手を開いたポーズがかわいいなと思うなどしていた。きっと、平安レベルが1ぐらいは上がっただろう。


「そういえば、栞は何部に入ったの？」

その日の晩ごはんのテーブルで母親に尋ねられ、心臓がびくっと跳ねる。入学したばかりのときにも聞かれたのだが、うかつに平安部なんて言ったらあれこれ詮索されて面倒なので、「迷ってる」と伝えていたのだ。

もうすぐゴールデンウィークだし、今の時点で決まっていない設定は無理がある。大皿に盛られた回鍋肉《ホイコーロー》に目をやるが、なんのヒントにもならない。

「えっと……歴史を研究するっていうか……勉強する部……」

自分の入っている部活にこれほど歯切れが悪い人間がいるだろうか。隣に座っている泉《いずみ》が「えっ？　お姉ちゃん、歴史なんて興味あるの？」と驚いたように言う。

三歳下の妹、泉は森富中に入学したばかりだ。消去法で陸上部に入ったわたしとは違い、小学校の頃からの仲良しグループでバスケ部に入ったと言っていた。

「いや、興味ないよ。クラスの子に誘われたの。それに週一回だし、ラクだから」

なぜか言い訳みたいになってしまう。

「そういえば、学校の近くのたい焼き屋さんのたい焼きがおいしいんだよ。今度買ってくるね」

「イェーイ」

うまい具合にわたしの部活の話題は終わって、来月行われる泉の中学の自然教室の話に移った。平安部の活動にやましいことなんて何もないのに、家族に話すのは躊躇《ちゅうちょ》してしまう。

翌日、お弁当を食べながら安以加にも聞いてみた。

「安以加の家族は、平安部のことなにか言ってる?」

「うん、おじいちゃんに五人集まったって話をしたら、『それはよかったな』って喜んでくれた」

あれ、安以加のおじいちゃんって生きてるんだ。証言者が「書道教室に通ってた」「平尾先生に習ってた」とか過去形で話すから、もう亡くなっているような気がしていた。

「安以加のおじいちゃんって、厳しい人かと思ってた」

故人だと思ってたなんて言えないから、なんとなくのイメージを伝える。

「うーん、字の書き方には厳しいけど、普段は普通のおじいちゃんだよ」

安以加はスマホを操作して、画面を見せてくれた。表示されていたのは菅原市のホームページで、作務衣《さむえ》みたいな服を着て、メガネをかけた眼光の鋭いおじいさんが映っている。写真の下には「平尾鷲嶺」と書かれていた。

「これは菅原市文化特別賞をとったときの写真。たまに新聞の地域面に出てたりするよ」

「名前なんて読むの？」

「しゅうれい。これは雅号で、本名は一郎《いちろう》っていうの」

全国の一郎さんには申し訳ないが、たしかに一郎と鷲嶺では重みが違う。

「ゆくゆくは安以加もこういうふうになるの？」

わたしの質問に、安以加は首を傾げる。

「それはまだわからない。あたしたち、もともと書家一家ってわけじゃないの。おじいちゃんが書家になって、でも長男のお父さんは全然興味なくてサラリーマンになって、一人娘のあたしが教室を継ぐか継がないか検討中ってところ」

「安以加の平安時代への憧れもおじいちゃんと関係あるの？」

「まぁ、そうだね。あたしの両親は仕事が忙しくて帰りが遅いから、自然とおじいちゃん子になってたの。よく坊主めくりで遊んでて、絵札のお姫さまに憧れたのがはじまりだったかな。同じ幼稚園の子たちがディズニープリンセスに夢中だった頃、あたしは衣装で人物の位を覚えてた」

「その興味が今まで続いてるなんて、すごいね」

わたしだって小さい頃はアンパンマンとかプリキュアとか年齢に応じたキャラクターを好

んでいたけれど、今となっては何の関心もない。

「不思議と飽きないんだよね」

さらっと言う安以加を見て、それはひとつの才能なのかもしれないと思う。


ゴールデンウィーク翌週の月曜日の放課後、わたしたちは学校から歩いて三分の場所にあるバス停に集合した。遅れないよう安以加が念を押したそうで、光吉さんも集合時間どおりに来ている。ここから博物館方面に向かうバスは一時間に一本しかないのだ。

そうはいってもこの地方都市において、一時間に一本というのはかなり本数があるほうだ。バス路線は続々廃止され、風前の灯火《ともしび》である。

地図で見ると、菅原市歴史博物館は小高い丘の上にある。安以加によれば自転車でも行けないことはないが、みんなそろって行ったほうがいいだろうということで、バスに乗ることにしたのだ。

「バスなんて十年ぶりぐらいに乗るよ～」

明石さんが言うとおり、わたしもほとんどバスには乗らない。このあたりは車社会だから、自転車で行けないようなところは親に車を出してもらう。

目的のバスは定刻から三分遅れでやってきた。車内にはおばあさんが二人乗っているだけだった。

「おっ、一番うしろ空いてる」

光吉さんは迷わず一番うしろの広い席に座り、大日向くんも並んで座る。わたしと安以加はその一つ前の二人がけの席に座り、通路を挟んだ席に明石さんが座った。

「すごい、ローカル路線バスの旅って感じ」

光吉さんがはしゃいだ声を出す。

「バス旅見るんですか」

「見るよー。鉄道と対決するやつが好き」

男子二人が話しているのを聞いて、光吉さんもテレビとか見るんだと思う。

バスはなかなかの坂を上っていき、十五分ほどで博物館に到着した。重厚なレンガ造りの建物で、かなり大きい。エントランスをくぐると、空間を贅沢《ぜいたく》に使ったロビーが広がっている。

「立派な博物館だね」

「そうか、栞ちゃんははじめてなんだ」

わたし以外の四人は菅原市民なので、すでに学校行事で何度か訪れているらしい。突然田舎者《いなか》になった気分だ。

入館料は大人四百円、中高生百円、小学生以下無料という良心的な価格設定である。わたしたちはおのおの自腹で券売機にお金を入れて、チケットを購入した。

常設展示室に入ると、古代のジオラマが現れた。菅原市の海に近いところでは、貝殻や魚の化石が発掘されているという。

「この貝殻も、何千年も後に見世物になるなんて思ってなかったよね……」

安以加の言い分に笑ってしまう。ただ埋まっていたものをうやうやしく展示するなんて、よく考えてみれば変だ。

展示は順路に沿ってだんだん時代が下っていく。古墳時代、奈良時代と過ぎて、平安時代になった。当時、菅原市の海岸では塩の製造が行われていたという。

「こんな説明、今まで読み飛ばしてたな」

解説文に見入っていた大日向くんが言う。たしかにわたしも平安部として訪れなければ、平安時代の展示物に注目することなんてなかっただろう。

「塩ならわたしたちでも作れるんじゃない？」

「作ってみるのもいいですね」

明石さんと安以加が話している。平安時代と聞いて想像するのはきらびやかな宮中で、ほかの場所で暮らしている人のことなど考えたこともなかった。わたしたちが住む町にも平安時代はあったのだとわかり、不思議な気持ちになる。

平安時代、菅原市にも朝廷の人物や貴族が訪れた形跡があるという。

「ここから京都まで歩いたらどれぐらいかかるのかな」

光吉さんが言うと、明石さんが「やってみる？」と応じる。このあたりから京都までは新幹線を使うと一時間半、全部在来線で三時間半ぐらいだ。

「たしかに、できないことはないかもしれませんね。ユーチューバーが『東海道歩いてみた』みたいな動画出してたりしますし」

大日向くんが言うと、明石さんは「やるとしたら夏休み?」とさらに食いつく。もしかして本気なのだろうか。

「でも最近の夏は暑すぎるからなぁ」

光吉さんの発言に、明石さんが「そっか〜」と引っ込んだのでほっとする。

「ここから京都駅までは約一九〇キロで、徒歩だと一日と二十時間だそうです」

安以加がスマホでルートを検索して言った。途方もない距離で、気が遠くなる。

「ナビもないのによく来れたよね」

「たしかにー」

さっきバスが走ってきた地面を、昔の人たちも踏んだのかもしれない。そう考えたら急に平安時代が身近に感じられて、歴史の積み重ねで今があると思えた。

わたしたちは博物館をぐるっと一周して外に出た。五月に入ってから、五時を過ぎても昼間みたいに明るい。

「次のバスは三十分後だって。待ってるのも退屈だから、学校に向けて歩いてみる?」

明石さんが言い出した。ここから学校まで徒歩で一時間はかかる。結構しんどいなと思ったけれど、さっき平安時代の徒歩の話をしたせいか、たいしたことのないように思える。安以加も「いいですね!」と同意した。

「途中、県道に出たところのファミレスで休んだらいいよ」

「それもそうだね」

光吉さんと明石さんが話している。県道沿いにファミレスがいくつかあるのは知っているけれど、友達同士で行くのははじめてで、ちょっと大人になった気分だ。わたしの家の近くにはファミレスなんてないから、文字通り家族と車で行くしかない。

「安以加もファミレスとか行くの？」

わたしが尋ねると、安以加は「うーん、あんまり行ったことない」と言う。

「わたしも勝手なイメージで、安以加ちゃんって平安京みたいな家に住んでるんじゃないかと思ってたけど、実際どうなの？」

明石さんが尋ねると、安以加は笑う。

「たしかに古い日本家屋ですけど、水回りはリフォームしていて、トイレにはちゃんとウォシュレットがついてます」

「めちゃくちゃ広いんだよな。11ＬＤＫだっけ？」

光吉さんの発言に、わたしと明石さんは思わず「11ＬＤＫ？」と聞き返す。

「教室に使ってる部屋とか、物置も入れたらそうなるね。それに、二世帯住宅だし」

わたしはたまらずスマホのマップで「平尾書道教室」を検索した。五つ星の評価に、クチコミ（2）と書かれている。地図で見てもたしかに大きそうな建物だ。

「一度行ってみたいな」

わたしが言うと、安以加は「ぜひ来てよ！」と笑顔を見せた。

そこから光吉さんは県道沿いにあるサイゼリヤ、びっくりドンキー、ガストのいずれに入るかわたしたちに意見を求めた。

「俺は普通に腹が減ってるからなにか食べたい」

「わたしは食事はしないけど、ドリンクバーがあったほうがいいんじゃない？」

「それじゃガストにします？　アプリにドリンクバーのクーポンがあります」

大日向くんの提案で、坂を下ったわたしたちはガストに入った。通されたボックス席で光吉さんは一番奥の席に座り、注文用のタブレットをさっそく手に取る。その隣に大日向くんで、わたしたち女子三人は自然と向かいの席に座った。

「えっ、ロボットが料理運んでるの？」

安以加が配膳ロボットに目を丸くする。

「うん、今じゃレストランで働いてる人間はいないよ」

光吉さんがさらっと言う。

「いやいや、変なこと教えちゃダメでしょ。ロボットがいるお店のほうが珍しいよ」

早くも明石さんがツッコミ役として頭角を現している。大日向くんはマイペースに「僕はポテトを注文します」と光吉さんの持つタブレットに指を伸ばしていた。

わたしはドリンクバーだけ注文し、カルピスを飲む。歩いて疲れた身体に甘さがしみていくようだった。

「文化祭でどんな展示するか、安以加はもうイメージできてるの？」

安以加はホットの煎茶を飲んでいた。

「なんとなく、やってみたいことはあるんだけど……」

「あれっ、平尾さんじゃない？」

声のするほうに目をやると、他校の制服を着た女子が安以加を見てニヤニヤしている。

「あっ、ほんとだ。元気ー？」

もう一人同じ制服の女子が現れた。その口調と表情から、安以加を下に見ているのは明らかだ。

「うん、元気してるよ」

安以加の表情もどことなくこわばっていて、テーブルに緊張感が漂いはじめた。わたしはもはや氷だけになったグラスをストローですする。

「平尾さんにも友だちできたんだ」

あぁやだやだ。にこやかに感じよく見せかけて、安以加より上にいるのが確定しているような態度。女子にありがちなアレだ。

中学時代、わたしもスクールカーストにおいてたいがい下のほうだったけど、先生にもびしっと言うようなご意見番キャラで通ってきたから、あからさまにバカにされるようなことはなかった。

安以加を助けるために何を言おうか迷っていると、明石さんが明るい声を上げた。

「そうなの！　わたしたち、安以加ちゃんと同じ部活なの」

ここに明石さんがいてくれてよかった。安以加に絡んできた女子は調子を崩すことなく「へぇ、何部ですか」と尋ねる。

「平安部だよ」

答えたのは光吉さんだった。二人の女子が光吉さんを見て真顔になっている。平安部という回答に対して真顔になったのか、光吉さんの容姿に対して真顔になったのか、あるいはその両方だろうか。

光吉さんは目をそらしたら負けと言わんばかりに女子の顔をまっすぐ見つめている。わたしが見つめられる方だったら耐えられない。

「平安部？」

一人の女子が我に返ったかのように発声する。

「いみじ……じゃなくって、平尾さんが作ったの？」

なるほど、安以加は陰で「いみじ」と呼ばれていたらしい。

「安以加ちゃんが平安の心を学びましょうっていって、わたしたちを集めて新しい部を作ったの。すごいでしょ？」

明石さんだって女子たちの悪意に気付いていないはずがない。ひとつ学年が違うだけなのに、ずいぶんお姉さんみたいだ。一方で大日向くんはそんな会話もどこ吹く風で、スマホをいじりながらポテトを食べていた。

「う、うん。すごいね」

一人の女子は光吉さんの顔をちらちら見ていたが、もう一人の女子が「またね」と会話をたたみ、二人そろって去っていった。

「あはは、これで菅商《すがしょう》にも平安部の宣伝ができたね」

「菅商には平安部ないだろうな」

明石さんと光吉さんが笑っている。わたしは胸がいっぱいになっていた。

「なんか、ごめんなさい」

安以加が背中を丸めて言うので、わたしは「全然謝ることないよ」と首を横に振る。

「あたし、中学時代、クラスのみんなから避けられてたの。たまに話しかけられても、あんなふうな感じで。だから、嫌な思いをさせちゃったかなって……」

顔を上げた安以加の目は少しうるんでいる。

「えっ？　わたしたちはまったく平気だけど」

明石さんの返答にわたしもうなずく。

「なんかもっと言ってやったらよかったかな」

「いや〜、光吉くんがなんか言ったらサービスになっちゃうから言わなくてよかったよ」

「ちょっと飲み物取ってきます」

大日向くんがグラスを持って立ち上がると、光吉さんも「俺もー」と続く。

「まぁ、中学時代っていろいろあるよね。わたしもクラスでちょっと無視されてた時期あったし」

「そうそう。いじめるほうが悪いんだから、安以加は気にしなくていいよ」

明石さんに続いてわたしが言うと、安以加は両手で顔を覆った。

「こんなに守ってもらったことないから、どんな顔していいかわかんない」

その気持ちはなんとなくわかる。わたしの場合、あからさまに仲間はずれにされたことはないが、周囲から好かれていない自覚があった。こんなふうにかばってもらえたら、うれしいというより戸惑ってしまいそうだ。

「あたし、これまで学校で居場所がなかったから、高校に入ったら自分で居場所を作ってみたくて、新しい部を立ち上げようって思ったんです」

なるほど、そんな動機があったのか。

「ずいぶん思い切ったね」

明石さんがツッコミを入れる。それまで居場所がないと言っていた人とは思えない、大胆な高校デビュー計画である。

「でもあくまで妄想で、そんなにうまくいくはずがないって思っていました。あたしが好きなものといえば平安時代だから、平安部って名前が思い浮かんで。入学式の日、そわそわしながら教室に入って、後ろの席の琹ちゃんを見た瞬間、運命を感じたんです」

安以加が目を輝かせてわたしを見る。あ、前から気になってたことを聞くチャンスだ。

「それって、わたしが平安顔だったからってこと?」

「平安顔?」

安以加と明石さんが声をそろえた。

「ほら、よく言うでしょ？　平安時代はわたしみたいな顔が美人だったって」

「えっ、そんなふうに思ったことなかった」

明石さんの言い方は自然で、わたしの被害妄想に過ぎなかったのだと思えてきた。

「あぁ、でもちょっとそれに近いかも……」

安以加が申し訳なさそうに口ごもる。

「栞ちゃん、赤染衛門《あかぞめえもん》にそっくりなんだよ」

まったく聞いたことのない名前だ。一瞬ドラえもんの仲間かと思ってしまったけれど、たぶん違う。

「やすらはで〜だね」

明石さんのフォローにも、わたしは全然ピンときていない。スマホで赤染衛門を画像検索すると、百人一首の読み札や、ドラマで演じた女優さんの写真や、二次創作みたいなイラストが出てきた。どのへんが似ているのか、よくわからない。

「とにかく、栞ちゃんに後光がさして見えたの！　この子と一緒なら、あたしはきっと平安部が作れるって」

そうしてまんまと平安部に入ってしまったのだから、その見立ては正しかったのだろう。

「運命の出会いだったんだね」

明石さんがうまい具合にまとめたところに、男子二人が戻ってきた。わたしたちも入れ替わりで新しい飲み物を取ってきて、仕切り直す。

「さっきの話の続きだけど、安以加ちゃんが文化祭でやってみたいことってなに？」

「平安時代をテーマパークにした、平安パークです」

春休みに家族で行った、ＵＳＪの任天堂エリアが思い浮かぶ。パックンフラワーみたいに雲中供養菩薩が動いていたらさぞかしシュールだろう。

「もちろんそんなに大げさなものはできないけど、平安時代を教室に再現して、来場者が平安文化を体験できるようなコーナーを作ってみたいんです」

「いいね、面白そう」

明石さんが即座に反応すると、大日向くんも「たしかに、ネタはそれなりにありそうですね」とうなずく。

「でも、歴史研究部もそんなこと言ってなかった？」

わたしが懸念を伝えると、安以加も「たしかに……」と表情を曇らせる。

「まぁ、似ちゃうのはしょうがないよね。あっちは研究、こっちはエンタメって割り切っちゃえばいいんじゃない？」

明石さんの説明に、わたしも安以加も「なるほど！」と納得する。

「幸太郎には光源氏をやってほしくて」

「うわー、わたしも見たい」

いつのまにか元の幸太郎呼びに戻っているが、気付いたのはたぶんわたしだけだ。

「ローラースケート履くの？」

光吉さんはボケたつもりらしいが、安以加はよくわかっていない様子で「なんで？」と首を傾げる。

「昔、光GENJIっていうアイドルがいて、ローラースケートやってたんだよ。わたしもテレビの懐メロ特集でしか見たことないけど」

わたしがフォローすると、安以加は「なんでローラースケートなの」と眉をひそめる。

「まぁ、それはともかく、光吉さんに平安装束を着てもらうってことだよね？」

「似合いそうですね」

大日向くんまで認めるぐらい、光吉さんの光源氏はしっくりきている。

「それでは、文化祭で平安パークをするということで、承認いただけますか」

安以加の問いかけに、四人とも拍手して賛同した。

「賛成多数ということで、可決とします。来週の部活では平安パークで何ができそうか、アイデアを出し合いましょう」

安以加が部長らしくまとめて、平安部の道筋が見えた気がした。

おのおの会計を済ませて外に出ると、すっかり暗くなっていた。県道を車がびゅんびゅん飛ばすのを横目に、歩道を並んで歩く。

「安以加ちゃんは門限とか大丈夫？」

「あたし、明石さんが思ってるほどお嬢様じゃないですよ」

わたしの家も門限なんてない。そもそも友だちと出かけることがほとんどなかったから、夜まで遊んで帰宅することに小さな興奮をおぼえる。

学校に向かう道へと曲がろうとしたとき、光吉さんが声を上げた。

「俺、このまま帰るわ。学校に自転車置きっぱなしだけど、明日歩いていけばいいし」

「じゃあ、あたしもそうする」

光吉さんと安以加が二人で帰ると決まったら、妙にドキドキしてきた。そんなところに引っかかっているのはわたしだけみたいで、明石さんも大日向くんも「ばいばーい」「お疲れさまです」と軽い調子でお別れしている。

「また明日ね〜」

わたしだけ意識しているのも恥ずかしくなって、手を振った。

「大日向くんって、中学までサッカー部だったんだよね?」

明石さんが自然に話しかけている。

「そうです。ずっと補欠だったんですけど」

「サッカー見るのも好き?」

「テレビで日本代表の試合見るぐらいですね〜」

大日向くんはいたって「素」の人なんだと思う。明石さんと話すのもまったく気負った様子がない。あんまり会ったことのないタイプだ。

わたしたち三人は世間話をしつつ高校まで歩き、解散した。学校からの帰り道が一人なのはいつものことなのに、さっきまでみんなと一緒にいたからちょっと寂しい。

空を見れば月が浮かんでいて、その白さがまぶしい。百人一首にそんな歌があったような、なかったような。

今のわたし、ちゃんと平安の心を学んでいるかもしれない。


翌朝、安以加は見るからに機嫌がよさそうだった。

「おはよう。きのうは楽しかったね～」

あのあと光吉さんとどんな話をしたんだろう。わたしにはなんの関係もないのに、二人の間柄に興味を惹かれてしまう。

「平安パークのヒントになるかなと思って、栞ちゃんに持ってきたの。どう?」

安以加は『イラストで学ぶ平安時代』という資料集みたいな本を差し出した。受け取ってぱらぱら見てみると、平安時代の宮中の様子や衣装や行事がイラストで詳しく解説されている。たしかにこれなら平安時代にまったく興味のないわたしにも読めそうだ。

「ありがとう。読んでみる」

安以加はほっとしたような笑顔を見せる。

「あのあと、光吉さんと帰ったの?」

力を入れずに尋ねると、安以加は表情を崩してでれっとした。

「うん。幸太郎の家のほうが近いのに、暗くて危ないからってうちまで送ってくれたの」

やっぱり好きなんじゃんって思うけど、冷やかすのは無粋だ。心の中でごちそうさまでしたと手を合わせつつ、「そうなんだ」と応じた。

その日の夜、お風呂を済ませてベッドに寝転がり、安以加から借りた『イラストで学ぶ平安時代』をめくる。歴史の資料集で見るような宮中の様子についても細かいところまで描き込まれていて感心すると同時に、この光景を見たことがある人は生きてないんだよなと冷める気持ちがある。

わたしが理系科目を好きなのは、目で見て信じられるからだ。数学は自分で解いて答えを出すことができるし、理科では実際に起こっている現象を扱っている。文系科目の中でも、地理はまだ目に見えるからいい。歴史なんて、本当にあったのかどうかわからない昔のことを暗記するしかなくて、全然面白いと思えなかった。

でも、安以加に借りた本を見ているうちに、暗記しなくていいなら悪いものではないように思えてきた。これはあくまで残っている史料にもとづいたフィクションであって、それを下敷きに平安パークを作るというのはＵＳＪの任天堂エリアとそう変わりない。わたしは平安時代に対して複雑な思いがあるけれど、任天堂エリアに関わったすべての人がマリオを大好きかというとそうでもないだろう。

そう考えたら急にやる気が出てきて、思いついたアイデアをスマホのメモ帳に入力しながら本をめくった。

次の月曜日の放課後、わたしと安以加と明石さんと大日向くんは定刻どおり部室に集まった。

「そういえば、大日向くんのバイトってどうなったの？」

明石さんが尋ねると、大日向くんはあっさり「はじめました」と答える。

「甲坂《こうさか》小学校の近くにあるコンビニで、週四ぐらい入ってます」

なんとなく場所はわかるけど、行ったことはない。

「へぇ～、今度こっそり行くね」

明石さんが言うと、大日向くんは「お待ちしています」と店員らしく応じる。

「安以加ちゃんってコンビニ行くの？」

「行きますよ～。ペットボトルのお茶とか買います」

そんな話をしているうちに光吉さんもやってきて、五人がそろった。

「参考になるかと思って、家にあった本をいろいろ持ってきました」

安以加が紫色の風呂敷包みを開くと、本が十冊ぐらい出てきた。わたしに貸してくれたような平安時代の図解の本や、文庫本サイズの『よくわかる平安時代』などさまざまだ。

「へぇ～」

明石さんはさっそく『百人一首で学ぶ平安』を手に取り、ぱらぱらめくっている。

「俺が光源氏をやることはわかったけど、みんなはコスプレしないの？」

光吉さんの疑問にぎくっとなる。わたしも赤染衛門をやらされたらどうしよう。

「あれ、そういえば部費ってもらえるんだっけ？」

明石さんが顔を上げる。

「たしかに、そのへんの話は聞いてませんね。確認しておきます。いずれにしても、全員分の衣装をそろえるのは難しいかも……」

「わたし、コスプレとか恥ずかしいので、やらなくて大丈夫です」

安以加に乗っかる形でわたしも意思を示しておく。

「たぶん、光源氏コスの光吉くんがいたらそれだけでフォトスポットになるよ」

明石さんが言う。実はわたしもスマホのメモ帳に「光源氏フォトスポット」と書いていたのだった。

「いろんな人から写真撮られるのって、平気ですか？」

素朴な質問をぶつけてみる。

「うん、俺は全然平気」

こともなげに返答する光吉さんを見て、わたしもちょっと撮りたいと思ってしまった。誰に見せるわけでもなく、ときどき自分でながめてニヤニヤしたい。

「中学の卒業式とか、光吉くんと写真撮りたい子たちですごかったんじゃない？」

「うん。三年生の教室は三階だったんだけど、一階まで列ができたね」

その光景を想像したら笑ってしまった。自分の顔のために並ばれるってどんな気持ちなんだろう。

「第二ボタンとか争奪戦でしょ？」

「そう、俺のために争いが起きるのは嫌だから、抽選にした」

「抽選？」

安以加が首を傾げる。

「クラスの女子が面白がってくじアプリで設定してくれたんだ。一等は第二ボタン、二等は第一ボタンって続いていって、ハズレは俺と握手」

「幸太郎はそんなふうにされて平気なの？」

楽しそうだけど、見世物にされるのはしんどくないのだろうか。

安以加も同じようなことを思ったらしい。

「みんなが喜んでくれるならいいんだよ」

光吉さんはピースサインの間から右目をのぞかせてウインクした。絶妙にダサいアクションなのに、絵になっている。

「栞ちゃんはなにかやりたいことある？」

安以加に聞かれて、わたしはスマホのメモ帳を開いた。

「一応メモしてきたの。えっと、貝合わせと偏つぎコーナー」

わたしは安以加から借りていた『イラストで学ぶ平安時代』の「平安貴族のあそび」ページを開いてみせた。

「こういう遊びの体験コーナーがあると、来た人も楽しんでくれるんじゃないかって」

貝合わせは同じ種類の貝をそろえる遊びで、偏つぎは偏とつくりが書かれたカードをそろえる遊びだ。

「あたしもすごくいいと思う！」

「そうだね。文化祭って小中学校の子たちも来るから、わかりやすいほうがいいかも」

安以加と明石さんに賛同してもらえた。

「それと、面白いなって思ったのは、米の研ぎ汁が化粧品だったってところ。平安時代のおしゃれを体験できるコーナーがあってもいいかなって」

今度は「平安貴族のおしゃれ」のページを開いてみせる。

「俺も毎朝米の研ぎ汁で顔洗ってるよ」

「また幸太郎が適当なこと言ってる」

光吉さんが茶々を入れている間も、大日向くんは黙って資料を見ていた。

「平安時代のアクセサリーってあるの？」

明石さんが尋ねると、安以加は慣れた様子で一冊の本に手を伸ばす。

「実は、平安時代って装身具があまりない時代なんです。それでも、こうした宝石が使われたことは知られています」

安以加が平安時代の宝石を解説するページを開いて見せてくれた。

「へぇ〜。こういう感じの光る石、小さい頃お祭りとかで買ってもらったなぁ」

「ビーズで平安時代っぽいイヤリングとか髪飾りを作ってもいいですよね」

明石さんも安以加もノリノリだ。

「二人は手芸得意ですか？」

わたしが尋ねると、二人は一気に渋い顔になった。

「うーん、得意ではないね……」

「あたしも自信ないです。栞ちゃんは？」

「わたしも、全然ダメ」

中学生の頃、陸上部でフェルトのマスコットを作るのが流行《はや》っていたけれど、うさぎをつくったつもりがクマみたいになってしまった。手芸が得意な子は刺繡《ししゅう》で見事な柄をつけていて、その技術差にため息をつくしかなかった。

「でもほら、平安時代っぽい感じなら下手でもいいんだよ」

「たしかに！」

「大日向くんはどう？」

明石さんがだいぶ無茶なパスを出すと、大日向くんは資料から顔を上げて「家庭科でしか針を持ったことがないですね」と答えた。

「なにか面白そうなの見つかった？」

安以加が尋ねると、大日向くんは指を挟んでいたページを開いて見せてくれた。そこには輪になって鞠《まり》を蹴る男性貴族たちの絵が描かれている。

「僕にできそうなことはこれかと」

「そっか、元サッカー部だもんね」

明石さんがうなずく。

「僕、リフティングだけは得意だったんです」

大日向くんが珍しく主張するのを見て、光吉さんが「おぉ」と感嘆の声を上げる。

「勝ち負けにこだわらず、長く蹴り続ける、っていうのが自分に合ってる気がします」

「いみじ！　ぜひ藤原成通《ふじわらのなりみち》を目指してよ」

安以加が興奮気味に言う。なんでも藤原成通は蹴鞠《けまり》の達人として名が残っているらしい。

「ていうか、安以加って平安時代に詳しくないいんじゃなかった？」

ふと思い出して尋ねると、安以加は、

「うん、全然詳しくないよー。知識に偏りがあって、知らないことがたくさんあるし」

と答える。これはたぶんオタクが自分を低く見積もってるアレで、相当詳しいに違いない。

「大日向くんが担当する蹴鞠体験コーナーなんてよさそう」

次々とアイデアが飛び出し、想像の中で平安パークが育っていくようだった。

「あとは、平安時代を再現する方法を考えないとね」

わたしのメモにはまだ続きがある。ひとつひとつのアトラクションを並べるだけでは没入感が足りない。部屋を薄暗くするとか、御簾《みす》をつけるとか、香を焚《た》くとか、そうした雰囲気作りが必要だと思うのだ。

「平安時代を再現」

安以加が真剣な顔で復唱する。

「タイムスリップして平安時代に来たって思わせるぐらいの仕掛け、できないかな」

我ながら無茶なことを言っているが、このメンバーなら否定されないと思えた。

「平安時代に窓ガラスとか蛍光灯とかないもんね。そういうことでしょ?」

明石さんに言われてうなずく。

「教室すべてを改造する必要はないと思うんです。でも、なんとか『いま平安時代にいる』と思わせる雰囲気が作れたらいいなって」

わたしは『イラストで学ぶ平安時代』に目を落とす。カラフルに描かれているのはフィクションかもしれないけれど、わたしたちが平安時代だと信じられたらそれでいいのだ。

任天堂エリアだってそうだ。きっと敵キャラはもっと凶暴で、あんなにつるつるしていないはずだが、わたしたちはたしかにマリオの世界にやってきたと感じさせてくれた。

「ふと思ったんだけど、みんなで安以加の家に行ってみない?」

光吉さんが言い出した。

「うち?」

「そう。安以加の家って、なんか独特じゃん。俺たち平成生まれなのに、入った瞬間『ここは昭和だ』って思うんだよ」

その感覚はなんとなくわかる。昭和の映像を見て、その時代に生きたことなんてないはずなのに懐かしく感じる。平安時代は昭和と比べ物にならないぐらい昔だけれど、なんらかのヒントが得られるかもしれない。

「えっ、面白そう。安以加ちゃんさえよければ」

明石さんに言われて、安以加は二回うなずく。

「はい、全然構わないです。でも今から急に行ってもバタバタしてるかもしれないので、来週にしましょう」

「わぁ、楽しみ」

わたしも一度行きたいと思っていたからうれしくなってきた。

「安以加の家、文化祭で使えそうなものもあるんじゃない？　今のうちに準備を進めておいたほうがいいよ」

「それは栞ちゃんの言うとおりだね。たぶん蔵にそれらしきものが……」

「蔵⁉」

わたしと明石さんの声が重なる。

「蔵もあるんだ」

一拍遅れて大日向くんが反応すると、安以加は「うん、あれは蔵だね」と答える。

「悪いことしたら閉じ込められたりして？」

明石さんの言うとおり、なんとなくだけど、蔵というと真っ暗でかび臭く、お仕置きで閉じ込められるイメージだ。

「いやいや、そんなことはないですよ。古いものがたくさんあるから、むしろ好きこのんで籠もってたぐらいです。さっき栞ちゃんが言ってた偏つぎもあったはず」

蔵に籠もる幼少期の安以加を思い浮かべてみたら、町娘のような着物を着ていた。

「安以加って、着物よく着る？」

「最近はお正月だけだけど、なんで？」

お正月に着物を着る習慣があるだけでも十分すごいが、さすがに毎日ではないらしい。

「いや、話を聞いてると、家で日常的に着物着てそうだったから」

「あたし、みんなの中でどんなキャラになってるの」

安以加が口をとがらせる。

「たぶんそういうのも、実際行ったらわかるよ。イチローにも会えるし」

光吉さんが言うのを聞いて、安以加の祖父の本名が一郎であることを思い出す。

「イチロー？」

「はい、わたしのおじいちゃんです。雅号は平尾鷲嶺っていうんですけど、本名は一郎なんです」

「へぇ～」

来週みんなで平尾書道教室を訪れることで話はまとまった。学校からの距離は三キロぐらいで歩くと四十五分かかるらしいが、博物館訪問でたくさん歩いたせいもあり、それぐらいなら歩けるという雰囲気になっている。

「ところで、そのへんにあるダンボールって何が入ってるんだろう」

明石さんが立ち上がり、壁に沿って胸の高さぐらいまで積み重なったダンボール箱に近づく。はじめて部室に来たときから気になってはいたが、そのままになっていた。

「いつのものでしょうね」

大日向くんも立ち上がり、わたしたちも続く。ダンボール箱はガムテープで封じられていて、ものものしい。何十年も前のものではなさそうだが、それなりに劣化している。

「単純にゴミじゃない？」

光吉さんはなんのためらいもなく、一番上の箱のガムテープをべりべり剝がして箱を開けた。

「平成二十六年度、菅原高校文芸部……？」

光吉さんが取り出したのは緑の表紙の冊子だった。どうやら十年前に文芸部が出版した作品集らしい。

「そういえば、今って文芸部ないよね」

「この箱は全部同じやつだよ」

光吉さんはそう言って、わたしたちにも冊子を回してくれた。目次には小説や詩のタイトルが並んでいて、二百ページぐらいある。

「ここにあるってことは、捌《さば》けなかったのかな」

安以加が寂しげに言う。

「たくさん刷りすぎたのかもよ」

「漫画も載ってる」

光吉さんに言われて見てみると、ゆるい画風の漫画が載っていた。菅原高校を舞台にした日常ものらしく、随所に「体育館の下駄箱混みがち」とか「中庭にある噴水の水飛び散りがち」といったあるあるネタが差し込まれている。

「えっ、これ、うろこぐまさんじゃないですか」

珍しく大日向くんが大きな声を上げた。

「うろこぐま?」

作者名を見てみるが、鈴木麻里奈《すずきまりな》というよくありそうな女子の名前が記されている。

「Xでイラストを載せて、ときどきバズってる人です。漫画の舞台が菅原市というのは知ってたけど、まさかこんなところに……」

大日向くんがスマホを操作してうろこぐまさんのアカウントを見せてくれた。アイコンはゆるい系のクマのイラストだ。最新の投稿は「コンビニコーヒーの戸を開けるタイミングがわからない」というネタで、メガネをかけた女性がコーヒーマシンの前で逡巡している様子が描かれている。

「メルカリで売って部費の足しにできないかな」

「いや〜、勝手に売るのはまずいんじゃない?」

次の箱も同じ冊子で、その次の箱は平成二十四年度のものだった。まだ開けていない箱も文芸部の作品集だと考えられる。

「きっと文芸部が解散することになって、捨てるに捨てられずこのままになってたんだろうね……」

「処分していいか、藤原先生と相談してみようか」

わたしと安以加が話していると、大日向くんがスマホを見ながら口をひらいた。

「うろこぐまさん、取りにくるそうです」

思わず「へっ？」と変な声が出る。光吉さんも明石さんも動きを止めて大日向くんを凝視した。

「XのDMが開放されてたんです。『うろこぐまさんの作品が載った文芸部の作品集が見つかったので、よろしければいらっしゃいませんか』と聞いてみたら、ぜひ行きたいですって返ってきました。でも、来週は平尾さんの家に行くんだよね？」

わたしと安以加は顔を見合わせた。

「わたしの家に行くのは来週でも再来週でもいいから、とりあえずうろこぐまさんの予定を聞いてみてもらえる？」

「はーい」

スマホにせわしなく指を滑らせる大日向くんを見ていたら、なんだかドキドキしてきた。

これは決して恋のときめきではなく、ネットで知らない人に迷わずコンタクトを取るような人だったんだという驚きだ。

「来週月曜日の三時半に来られるとのことです。いいですか？」

「うん」

安以加がうなずくと、大日向くんは「ＯＫです。よろしくお願いします」と声に出しながら指を動かしていた。

「へぇ〜、すごいな」

光吉さんが感嘆の声を上げる。すごいのはうろこぐまさんが来ることか、大日向くんの行動か。

「受け渡しが終わってから安以加ちゃんの家に行ってもいいよね」

「そうですね」

わたしも自分のスマホで「うろこぐま」と検索する。わたしはXのアカウントを持ってないのでよくわからないが、矢印のマークとハートのマークの隣にはそれぞれ何千とか何万という数字が並んでいて、人気が高いことがうかがえる。

「十年前に高校生ってことは、その人、二十代後半ぐらい？」

「こんなにすぐ来るなんて、今も近くに住んでるってことかな」

さっきまで平安パークの話をしていたのに、すっかりうろこぐまさんの話題でもちきりである。話をしながらすべてのダンボール箱を開け、年度ごとに作品集を仕分けしたら、平成二十四年度から平成二十九年度の六年分が出てきた。一番新しい平成二十九年度の作品集は八十ページに減っている。

「今年は三年生が三人だけになってしまったので、おそらく今年で廃部になります。いつか復活させてください！　だって」

　光吉さんが編集後記を読み上げると、なんとも言えない雰囲気になる。

「文芸部は復活してなくて、平安部ができてる……」

　わたしは諸行無常を感じずにはいられなかった。

「でもそういうものでしょ？　時代は移り変わるんだし」

　明石さんはいたってポジティブだ。

「とりあえず、来週うろこぐまさんにどれを持って帰るか聞きましょう。全部処分せずに、図書室に置いてもらってもいいかもしれない」

　部長の安以加がまとめる。思いのほか大ごとになってきたが、過去と今がつながったような気がして胸が熱かった。

第三章

それじゃ、また来週

元文芸部のうろこぐまさんが平安部の部室にやってきた。外部の人が平安部を訪れるのははじめてだ。

「うわぁ、懐かしい～！」

机に並んだ作品集を見るなり、声を上げる。

「ていうかこの部屋も全然変わってない！　懐かしいな～」

うろこぐまさんは赤いフレームのメガネをかけたハイテンションなお姉さんだった。投稿しているイラストに描かれたメガネの女性は自分自身をモデルにしているに違いない。

「文芸部だけど、漫画を描いてたんですね」

「そうそう！　この『ご自慢のママチャリで坂道を下っていたらいつのまにか転生していた件』を書いた子がどうしても文芸部を作りたくて、五人集めるために無理やりわたしを誘ったの！」

あれ、どこかで聞いたような話だ。

「なると丸《まる》……あぁ、この『チャリ転』の作者の子は、わたしと小さい頃からの腐れ縁だったのね。文芸部作りたいから、麻里奈も入ってって言われて、漫画しか描けないのに入ったの」

「いや、これだけ漫画描けたらだいぶすごいですけど」

明石さんが手放しに褒める。

「なると丸は今も投稿サイトで小説書いてるよ。東京行っちゃったからなかなか会えないんだけど」

そういううろこぐまさんはすでに結婚しており、菅原市内に住みながらバイトとイラストで収入を得ているという。

「ていうか平安部って何する部活なの？」

「平安の心を学ぶ部活です」

「文化祭で、平安パークを作る予定なんです」

いつもの安以加の回答に、わたしが補足する。

「え〜、面白そう。十月だっけ？　見にくるよ」

うろこぐまさんの表明に、輪ゴムでぱちんと弾《はじ》かれたような衝撃をおぼえた。これまで部員でさえ何をやるのかわからなかった平安部が、外に開かれた瞬間だ。

「いみじ！　ありがとうございます！」

笑顔で応じる安以加に、うろこぐまさんが「いみじいみじ〜」と両手をふりふりして調子を合わせる。安以加しか使えていない「いみじ」を初対面で繰り出せるなんて、ただ者ではない。

「それで、うろこぐまさんにこんなことを言うのは忍びないのですが、これらの作品集を永遠にこのままにしておくわけにもいかないので、いくらか引き取っていただいて、残りは処分する方向で……」

「そうだね」

うろこぐまさんがあっさりうなずく。

「わたしだって連絡もらって久しぶりに思い出したぐらいだし、処分するのも仕方ないよね。あれ、連絡くれただいきくんってあなた？」

「そうっす」

大日向くんがうなずく。Xのアカウント名、本名にするタイプなんだと気付きを得る。

「連絡くれてありがとうね。なると丸も喜んでたよ」

「こんちはー」

そこへ光吉さんが遅れて入ってきた。うろこぐまさんは黙って光吉さんの顔面を見ている。やっぱり大人が見ても動きが止まりますよね、わかりますと共感したくなる。

「はじめまして、平安部の光吉幸太郎です」

「あ、ごめん、見とれてた」

「よく言われます」

年上の女性に対してもこんな感じなのか。安以加の様子をうかがったら、ちょうど目が合ってしまった。首をすくめて「やれやれ」と言わんばかりの表情をしている。

「うろこぐまさん、何冊か引き取ってくれるって。あと、一冊ずつは図書室に置いてもらうってことで話がついてる。処分する冊子はダンボールに詰めて、故紙回収の前日にゴミ置き場に運んでおけばいいって」

「あいよ」

安以加の説明に、光吉さんが返答する。

「それじゃ、二冊ずつもらっていくね」

うろこぐまさんは各年度二冊、計十二冊をまとめて紙袋に入れた。

「ここにはどうやって来られたんですか？」

「自転車。かごに入れていくよ」

「駐輪場まで運びます」

光吉さんのホスピタリティはどこから来ているのだろう。うろこぐまさんも「いいの？」と驚いている。

「今日はありがとう。また機会があれば来ます～」

うろこぐまさんはわたしたちに手を振ると、紙袋を持った光吉さんを従えて去っていった。

「光吉さんは誰にでもあんな感じなの？」

わたしは誰に聞くともなく口に出してしまった。

「う～ん、たぶんああいうのも自然にやってるんだよね。とにかく好かれる方向に行っちゃうっていうか……」

安以加が分析する。

「ああいうことされたら女の子は絶対勘違いしちゃうよね」

明石さんも腕を組んでうなずく。大日向くんに目をやると、出してあった作品集を元のダンボール箱に戻しているところだった。

「せっかくだし、わたしも一冊ずつもらっていこうかな。蔵に入れておけばいいし」

安以加がそう言って作品集を一冊ずつ取る。

「え〜、なんだかわたしも欲しくなってきたからもらっていくよ」

明石さんも六冊取ったので、わたしもつられて手に取った。読むかどうかはわからないけど。

「おまたせ〜」

ほどなくして光吉さんが戻ってきた。

「うろこぐまさんが今度俺のことも漫画に描いてくれるって。Xのアカウント作ったほうがいいかな？　ひなちゃん教えてくれる？」

「いいっすよ」

「ひなちゃんって呼ぶんだ」

明石さんが的確に突っ込んでくれた。

「うん、いいよね？」

光吉さんの問いかけに、大日向くんがうなずく。

「なんでも呼びやすいように呼んでもらえばいいです」

このこだわりのなさこそが大日向くんのこだわりである気がしてきた。

「片付けも終わったし、あたしの家に向かいましょうか」

「はーい」

部室を出て校内を歩いていると、光吉さんはあちこちから「ばいばーい」と手を振られる。光吉さんは逐一笑顔で手を振り返していて、マスコットキャラクターみたいだ。

「光吉くんって自分の顔がいいっていつ気付いたの？」

「幼稚園のときかな。よそのお母さんたちが俺を見てイケメンだって騒ぐから」

「そうやって見た目のこと言うの、良くないよね」

安以加がため息をつく。わたしもまったくそのとおりだと思う一方、ここまで顔のいい人を見たら口に出したくなってしまう気持ちもわかる。

光吉さんと安以加と大日向くんは自転車を押して歩く。三人ともいたって普通のママチャリで、後輪の泥除《どろよ》けのところに菅原高校の校章が入ったステッカーを貼っている。二年生は青で、一年生は白らしい。

学校から二十分ほど歩いて田んぼが両脇にある一車線の道に出ると、ランドセルを背負った小学生がグリーンベルトをきゃいきゃい言いながら歩いていた。このあたりは光吉さんの住む学区だという。

「その用水路、危なくない？」

グリーンベルトの反対側は一メートルぐらいの幅の用水路を挟んで田んぼになっている。

明石さんの言うとおり、柵がなくて危険だ。

「うん。小さい頃から近寄らないようにうるさく言われてたな」

「幸太郎は特にふらふらしてたからでしょ」

「あっ！　こうたろうだ！」

「こうたろう！」

薄紫のランドセルと茶色のランドセルを背負った女子二人が振り向いて手を振る。

「おかえり」

光吉さんが手を振り返すと、二人は「キャー」と声を上げて走っていった。

「小学生にも人気なの？」

明石さんは笑うしかないという顔だ。

「去年、学区の夏祭りでフランクフルト焼くの手伝ったんだよ。そのときにイケメン店員がいるって騒ぎになって」

「それって、日常生活に支障が出てないんですか？」

わたしが聞くと、光吉さんは「もう慣れちゃったね」と事もなげに答えた。

「ちなみに光吉くんってランドセル何色だった？」

「普通に黒だよ。ていうか背が伸びすぎて、六年生の頃はランドセル背負ってなかった」

「そういう子、学年に一人はいましたね」

そんな話をしながら二十分ぐらい歩いたのち、安以加が「見えてきたよ」と前方を指さした。似たような家が方眼紙のように規則正しく立ち並ぶ住宅街で、一軒だけ様子が違う。ちょっとした森みたいに木があって、通常の住宅が一マスだとしたらその区画だけ六マスぐらいありそうだ。

門は開いていて、据え付けられた木の看板には「入学式」ぐらいの勢いで「平尾書道教室」と書かれている。

「想像以上にお屋敷なんだけど」

明石さんが感嘆の声を漏らす。門の向こうに見えるのは黒い瓦屋根の木造住宅で、お寺と言われても不思議じゃない。

「写真撮っても大丈夫?」

わたしが尋ねると、安以加が「そんなこと聞かれたことない」と笑う。

「全然いいけど、なんで?」

「平安パークのヒントになるかと思って」

平安時代の建造物とは全然違うとわかっていても、別の世界に来たような気持ちになったのだ。わたしがスマホで外観を撮影すると、明石さんも「わたしも撮っておこう」と続き、大日向くんもスマホを構えてシャッター音を鳴らしていた。

「光吉さんはここに通ってたんですよね?」

「うん。見慣れてるけど、たしかにでかいよね」

玄関はすりガラスと格子の引き戸だった。安以加がガラガラと音を立てて開ける。

「ただいまー」

安以加が大きな声で呼びかけるように言うと、奥のほうから「おかえりー」と男性の声が返ってきた。

「ようこそお越しくださった」

奥から出てきたのは作務衣を着たおじいさんだった。銀縁の丸メガネをかけて、首には手ぬぐいをかけている。身長は安以加と同じぐらいで、一五〇センチあるかないかだ。

「安以加の祖父の平尾鷲嶺です」

思いのほかとっつきやすい雰囲気のおじいさんだ。鷲嶺さんはわたしたち平安部の面々に目を向け、「幸太郎じゃないか」と大きな声を上げた。

「ご無沙汰してまーす」

光吉さんはいつもの調子で鷲嶺さんに手を振る。

「なんだなんだ、ずいぶんでかくなって。ちゃんと〝とめはねはらい〟守ってるか？」

「まぁまぁですね」

そういえば光吉さんはどんな字を書くのだろう。なるべく見た目に合った上手な字だといいなと思ってしまう。

「はじめまして、平安部の明石すみれです」

明石さんの自己紹介に、わたしと大日向くんも続けた。

「安以加がこんなふうに仲間を連れてくるなんて、感無量だ」

鷲嶺さんは本当に感極まったらしく、メガネをずらして手ぬぐいで涙を拭っている。

「泣かなくてもいいのに」

安以加のくだけた物言いに、普段から仲が良いのだろうと微笑《ほほえ》ましくなる。

「皆さん、どうぞ上がってください」

おのおの靴を脱いで部屋に入った。お香のような、煙のような、昔っぽい匂いがする。木張りの廊下は修学旅行で行った二条城みたいだ。

鷲嶺さんが玄関から一番近い部屋のふすまを開ける。

「ここが教室に使っている部屋です」

わたしは思わず「わぁ～」と声を上げた。広い畳の部屋に、子どもが二人座れるぐらいの文机《ふづくえ》が二台×四列の八台並んでいる。

「今日はお休みなんですね」

明石さんが言うと、鷲嶺さんが「火曜と木曜と土曜が教室の日です」と答える。

「懐かしいな～」

「幸太郎は一番後ろが定位置だったよね」

安以加が笑って一番奥の席を指さす。

「こそこそ書いてて、いつも先生に怒られてたな」

「何年通ってたんですか？」

大日向くんが光吉さんに尋ねる。

「なんだかんだ小一から小六までやったんじゃなかったかな？　小学校入りたての頃からとにかく字が下手で、心配した母ちゃんに連れてこられたんだよ」

「幸太郎がはじめて来たときのことはわしも覚えている。まだ小さいのにずいぶん男前だなと思ったんだ」

「あぁ、先生から見てもやっぱりそうなんですね」

明石さんは深くうなずく。

「それなのに書く字がひどかったから、男前が台無しにならないように、ちゃんとした字を教えてやろうと決めた」

「だから俺に対してちょっと厳しかったんだ」

「そうだよね。ほかの子と比べて幸太郎にだけ明らかにうるさかったもん」

「幸太郎はアホだったからな……忘れ物をしたら普通は申し訳なさそうにするものだが、全然気にしていない様子で」

「墨を飛ばしすぎるからって、教室に来るときは必ず黒い服着てたよね」

昔話で盛り上がる三人だが、不思議と仲間はずれにされている感じはしない。明石さんも聞きながら笑っている。

「この家って、いつ建てられたんですか？」

教室内をきょろきょろ観察していた大日向くんが質問した。

「戦後すぐに建てられたと聞いているが、わしが住みはじめたのは昭和三十八年だから、新築当時のことはわからない」

「もともとおじいちゃんのお師匠さんの家だったんだって」

「そうそう。師匠が早くに亡くなって、わしが譲り受けたんだ」

先祖代々の家じゃないんだと思ってしまったけれど、古い家って意外にそういうものかもしれない。

「みんなに蔵を見せたくて」

「あぁ、蔵は江戸時代からあったらしい。貴重なものは文化財として県や大学に寄贈しているから、そんなにたいしたものは入ってないのだが」

わたしたちはいったん外に出て、家の裏側に回った。

「たしかに、これは蔵だね」

わたしは思わずつぶやいた。一般家庭にある物置とは明らかに趣が違う。黒い屋根に白い壁、下の方には黒と白の斜め格子柄が入っている。

「なんだかワクワクするね」

明石さんが興奮気味に言う。

「光吉さんは入ったことあるんですか？」

「うーん、忘れた」

「忘れちゃったの？　入ったことあるよ」

安以加が呆《あき》れたように言う。

「そうそう、少し前は自由に出入りできたから、書道教室の子どもたちも中で遊んでいたんだ。五年前に不審者が侵入しかけたことがあって、常時施錠するようになった」

鷲嶺さんはそう言いながら南京錠《なんきんじょう》を開けてかんぬきを外し、扉を開いた。

「わぁ～」

無意識のうちに声が出ていた。真っ暗かと思いきや、窓から差し込む光で様子がわかる。左側の壁に沿って設置された木棚には本や書物がたくさん並んでいて、図書館みたいだ。正面と右側にはスチールラックがあって、ダンボール箱や古そうなものが置かれていた。

「ここにござを敷いて座るの」

安以加は真ん中の空きスペースにござを敷き、靴を脱いでちょこんと座った。二メートル四方ぐらいのサイズで、子どもが遊ぶにはちょうどいい。

「あぁ、思い出した。ここですごろくやった？」

「そうそう」

小学生時代の安以加と光吉さんが仄暗《ほのぐら》い蔵で膝を突き合わせてすごろくをやっていたとなると、そりゃまぁ特別な感情も湧くだろうとドキドキする。

「この畳なんか、平安パークに使えそうですね」

大日向くんが声を上げた。指さす先に視線を向けると、複数枚の畳が立てかけられている。わたしが妄想で盛り上がっている間も冷静に蔵の内部を見ていたらしい。今、もっとも平安部について考えている部員である。

「ほんとだ！　こういうの、使わせてもらって大丈夫ですか？」

明石さんが鷲嶺さんに尋ねる。

「あぁ、返してくれたら構わない」

「ごめんなさい、わたしが部長なのに」

安以加が申し訳なさそうに言う。

「えっと、漢字を組み合わせるアレ……偏つぎだっけ？」

わたしが聞くと、安以加は「あぁ」と言って立ち上がり、スチールラックから木箱を下ろして蓋を開けた。

「ここに遊び道具が入ってて」

箱の中には年季を感じさせるけん玉やこまやかるたが詰め込まれていた。

「あっ、鞠もあるよ。これで蹴鞠できるかな？」

安以加はメロンほどの大きさの鞠を取り出し、大日向くんに渡した。大日向くんは地面に鞠を置いた状態から、右足でポンポンとリズムよく蹴り上げる。

「すごーい」

明石さんから感嘆の声が漏れ、鷲嶺さんは腕を組んでじっと見ている。大日向くんのリフティングは正確で、いつまでも見ていられそうだった。

「ひなちゃん、パスして」

大日向くんが光吉さんの方に向き直って鞠を蹴り出す。鞠は正確に届いたが、光吉さんが一度蹴ったただけであらぬ方向にいってしまい、蹴鞠は終了した。

「わー、難しいね」

「幸太郎はもっと練習しないとだめだな」

「こんな感じなら教室の中でもできそうでいいね」

みんな思い思いに感想を言う。

「それで、これが偏つぎ」

安以加が布の袋を開け、中身をござの上に出した。

「えっ、紙じゃないんだ」

わたしと明石さんもかがんで手に取った。かるたほどの大きさの木の板に、漢字の部首である偏とつくりが書かれている。

「まずは、これ」

安以加がにんべんの板を掲げると、明石さんは「はい！」の掛け声とともに「木」と書かれた板を取った。

「『休』です」

「さすが元百人一首部」

光吉さんのツッコミに明石さんがあははと笑う。意外にタブーではないらしい。

「この板、さすがに平安時代のものではないですよね？」

わたしが尋ねると、鷲嶺さんは首を傾げた。

「正確な時期はわかっていないんだ。一説には、江戸時代のものではないかと言われている」

明石さんが「江戸時代？」と聞き返す。

「偏つぎは平安貴族がやっていたと言い伝えられているが、その詳しいルールやどんな素材が用いられていたのかは不明なんだ。江戸時代に平安時代の遊びを復元しようという動きがあって、その中で作られたものではないかと言われている」

「ってことは、江戸時代の平安部みたいなもの？」

光吉さんの発言にはっとした。わたしたちも令和の時代に平安パークを作ろうとしている。江戸時代にも令和にも平安時代に関心を向ける人がいるのだから、これから先もずっと平安時代への回顧が続いていくに違いない。

「そうそう、百人一首もあるよ」

安以加が使い込まれた百人一首を取り出し、読み札を繰る。その間も大日向くんはリフティングの練習をしていて、なかなかシュールな光景だ。

「あった、これが赤染衛門」

名前に赤が入っているわりに、濃い紫の渋い衣装を着ている。歌は毛筆のくずし字で書かれていて、なんて書いてあるのか読めない。

「すごい、読み札も毛筆になってるの、はじめて見た」

明石さんは興奮気味に札を手に取っている。

「どのへんがわたしに似てるの?」

正直なところ、ほかの読み札に描かれている女性と違いがあるように見えない。

「うーん、雰囲気? 賢そうで、ちょっと厳しそうだけど、実は優しい、みたいな」

明石さんは「なんとなくわかるかも」とうなずく。

「赤染衛門は大江匡衡《おおえのまさひら》とおしどり夫婦で、良妻賢母だったたって言われてるよ」

その解説を聞いたら、二次元の読み札に奥行きが生まれたような気がした。ただの平安顔とひとくくりにしていたけれど、歌人ひとりひとりにそれぞれの人生があったのだ。

「幸せな人でよかった」

わたしが思わず口にすると、安以加も「うんうん」とうなずく。

「本も年季が入ってますね」

棚に並んだ書物を見て光吉さんが言う。すでに背表紙が茶色くなっている本がほとんどで、何の書物なのかも判別できない。

「あぁ。おそらく前の持ち主が集めた本なのだが、正直なところほとんど見返すことはないし、捨てるに捨てられず置いてあるのが大半だ」

「あとで菅原高校文芸部の冊子も置いておかなきゃ」

安以加が言うが、学校の輪転機で印刷してホッチキスで留めたような冊子はちょっと場違いな気がする。

「安以加ちゃんが籠もりたくなる気持ちもわかるかも」

明石さんが蔵の中を見渡して言う。ここだけ外の世界と地続きではないような、宇宙船みたいな感覚がある。

「平安パークも、こういう秘密基地みたいな感じにしたいってことだよね？」

大日向くんがわたしのほうを向いて言う。平安時代にいる感覚にしたいと言ったのはわたしだけど、そんなに真剣に考えてくれていたのかと驚いてしまった。

「そ、そうそう」

あわてて相槌《あいづち》を打つと、安以加も「なるほど、秘密基地ね」と同意する。秘密基地というラベルを貼ったことで、やりたいことがクリアになった気がした。

「そういえば、着物もあるの？」

「着物はここじゃなくて家の方にあるんですけど……見てみます？」

安以加が提案すると、明石さんが間髪いれずに「見てみたい！」と答える。

「そしたら、僕はちょっと蹴鞠の練習してていい？」

大日向くんが鞠を持って言う。

「いいね！　ひなちゃんがやるなら俺も付き合う」

「ここは狭いから、庭の方でやるといい」

わたしたちは蔵を出て、着物チームと蹴鞠チームに分かれた。

「安以加は着付けできるの？」

「一応できるけど、簡単な帯の結び方しかできないよ」

「いやいや、それでも十分すごいよ」

案内された畳の部屋には見るからに立派な桐簞笥《きりたんす》が三竿《さんさお》置かれていた。

「あたしが着たことあるのはこのへんかな」

安以加が一番下の引き出しから紙に包まれた着物を取り出す。見せてくれたのは紺色、水色、黄色で、どれも上品な雰囲気だ。

「えー、全部かわいい。栞ちゃんはこの紺が似合いそう」

わたしも紺の着物が一番いいなと思っていたから、明石さんに言われてうれしかった。水色の大きな朝顔が描かれていて、夏っぽい。

「明石さんは何色が好きとかあります？」

「もうちょっとかわいい感じが好きかな」

安以加は「このへんかな？」と簞笥を探ってさらに二枚取り出す。

「わぁ、これいいね」

明石さんが指さしたのは赤い着物で、白い花がたくさん描かれている。

「安以加ちゃんが好きなのはどれ？」

「あたしはシンプルなのが好きです」

安以加が簞笥から出したのは薄い緑の無地の着物だった。

「こういうのもいいね～」

着物には全然興味がなかったけれど、こうしてワイワイ見ているとテンションが上がる。

「ところで、光源氏コスプレのあてはあるの？」

わたしが尋ねると、安以加は「一応それらしきものはあるんだけど……」と別の桐箪笥から黒い装束を取り出して見せてくれた。明石さんが「わぁ～」と感嘆の声を上げる。

「光源氏って感じ」

正直なところ光源氏がどんな服装をしていたかわたしは全然知らないのだけど、おぼろげなイメージの中の光源氏はこんな服を着ていた気がする。

「何かのお祭りのときに使ったらしいんですが、詳細は不明です」

詳細不明の衣装が眠っているというのもすごい。

「光吉くんに絶対似合うよね」

明石さんが興奮気味に言う。

「でも、これだけじゃ光源氏らしさが足りない気がしていて……」

「なるほどね～」

盛り上がる二人を前に、そもそも光源氏らしさって何？　と思ってしまったけれど、口には出さずスマホで検索する。実写やマンガの光源氏がずらっと表示されて、それぞれ自由に解釈されているようだ。

「蹴鞠めっちゃアツい」

そこへ、蹴鞠を終えた光吉さんたちがやってきた。

「ほぼ大日向くんがフォローしてたけどな」

鷲嶺さんがツッコミを入れる。

「これ、光源氏をイメージした装束だよ」

安以加が立ち上がり、光吉さんの体に当ててみせた。

「令和の光源氏だ」

明石さんが感嘆の声を漏らす。そのまま大河ドラマに出ていても納得してしまいそうなビジュアルだ。

「幸太郎が着ると丈がちょっと短そう」

「このへんはごまかすしかないね」

若干短い気がするけれど、ギリギリ許容範囲にも見える。

「小道具とかも、これから考えましょうか」

安以加のまとめで着物談義が終わり、わたしたちは着物の片付けを手伝った。

「せっかく来たのだから、なにか書いていかれてはどうですか」

鷲嶺さんが提案する。明石さんは「いいんですか?」と乗り気で、光吉さんは「えー」と言いつつちょっとうれしそうだ。大日向くんは特にリアクションせず、安以加は「みんなで書くの楽しそう」と喜んでいる。

わたしたちは最初に通された書道教室の部屋に戻った。

「じゃあ俺はここ」

光吉さんは定位置だったという四列目の奥に座る。大日向くんはその前に座り、わたしと明石さんは二列目の奥と手前、安以加はわたしの前に座った。

「寺子屋みたい！」

明石さんがはしゃぐ。いつもわたしたちが集まるのは部室だから、こうして一緒の教室に座っているのは新鮮だ。

体験用の習字セットを受け取り、おのおの準備する。高校に入ってからは習字の時間がなくなったから、筆を持つのは久しぶりだ。

「君たちは平安部だから、まずは平安と書いてみよう」

前に立った鷲嶺さんが水習字で「平安」と書いてみせる。全然力を入れている感じじゃないのに、素人《しろうと》のわたしでも美しい線だとわかる。

「『平』の点は大きく書きすぎないのがコツだ。この二本の線は平行になるように気をつけて。『安』のポイントは最後の横画で、のびのび開くイメージで伸ばすといい」

思いのほか実践的なアドバイスだった。明石さんが書きはじめたのでわたしも筆に墨をつけて、半紙に置く。そのまま右にすっとすべらせると、一本の線が生まれた。

点はアドバイス通り大きくならないよう注意して、一画目と平行になる形でもう一本の線を引く。最後にその中心を通るような縦棒を引いて、「平」ができた。

次に「平」の縦棒の下に短い線を書いて、うかんむりを作る。その中に収まる形で「く」「ノ」の画を書いたら、最後にのびのび「一」を書く。

「なんだかいつもより字が上手くなった気がする」

明石さんが自分の書いた「平安」を見て言う。

「わかります」

わたしも目の前の「平安」を見て、そんな気がする。わたしの字は特別に上手くも下手でもないと思っていて、習字の時間は与えられた課題をそれっぽく書くだけだった。今日はちゃんと「平安」に向き合えた気がする。

「うんうん、そう思って書くのが大事だよ」

振り向く安以加の席にはレベルの違う「平安」があった。

「安以加ちゃん、上手すぎ」

明石さんが打ちのめされたように言う。

「やっぱり先生と字が似てるね」

安以加の書いた「平安」は、黒板に掲げられた鷲嶺さんの「平安」をコピーしたみたいに似ていた。

「うん、よく言われる。小さい頃からたくさん見てきたからかな」

鷲嶺さんが「平安」の左側に下の名前を書くよう言うので、わたしは「栞」と書いた。鷲嶺さんは五人の作品を回収し、黒板に貼る。学校の教室だったら恥ずかしくてたまらないだろうが、この場ならそれほど抵抗はない。「安以加」「栞」「すみれ」「大貴」「幸太郎」の平安が並んでいる。

「みんな、よく書けている」

鷲嶺さんは朱色の筆ペンでそれぞれの平安に二重丸をつけていく。光吉さんもちゃんと整った字形で、六年間の経験は伊達《だて》じゃないと思わせてくれる。

大日向くんの平安はほかと比べると少し小さめだけど、なかなか上手だ。鷲嶺さんも「この線に迷いがなくてよい」と平の縦画に丸をつけている。

「もう一枚、平安を書いてみよう」

さっきより上手く書こうと意気込んでみたら、平の縦画がすっと伸びないところで終わってしまった。そうなるとちょっと気持ちが動揺して、うかんむりが小さくなり、挽回《ばんかい》しようと「女」の部分で力が入り、一枚目よりバランスが悪くなってしまった。

「あー、さっきのほうが上手かったかもー」

わたしの心の嘆きを明石さんが声に出していた。

「わたしもそう思いました。あるあるですね」

「なんでだろうね、一枚目のほうが力が入ってないからかなぁ」

「そういうときは三枚目、四枚目って書いたらいいですよ」

安以加が振り向いて言う。

「力が入ってしまうのは、それだけ真剣に向き合ったってことです。書いているうちに、『これは！』っていう一枚が出てきます」

わたしが見る限り安以加は二枚目も完璧だが、さらに三枚目を書こうとしている。

「そうそう。半紙なんていくらでも使ったらいい」

鷲嶺さんが回ってきて、わたしの二枚目を添削してくれた。

「ここは少しずつ筆を上げていくイメージで書きます。ちょっと筆を持ってみて」

わたしが持っている筆の上の方を鷲嶺さんが持って、力の入れ具合を実演する。

「最初は強めに置いて、ゆっくりゆっくり伸ばす感じで」

半紙の空いているスペースに、鷲嶺さんに補助されながら新たな線を書く。どうしても書き急いでしまうけれど、ゆっくりやるのが重要らしい。

「今度は一人でやってみて」

空きスペースに、さらなる線を追加する。少しずつ線の形がよくなっているのを感じる。

「よく書けました」

鷲嶺さんに朱色の二重丸をもらい、小学生みたいにうれしくなった。

「栞ちゃんってなにか習い事してた?」

明石さんが話しかけてくる。

「小学校低学年のときはスイミングに行ってました」

「わたしはピアノを習ってたんだけど、習字もやったらよかったな」

「今からでも大丈夫ですよ」

安以加が会話に入ってきて、明石さんが「あ、そっか」と気付いたように言う。

「火木土のどれにするか選んでもらって、午後二時から七時の間ならいつ来てもＯＫです。週一回だとお月謝は六千円で、墨汁と半紙以外はご自身で用意してもらいます」

勧誘が堂に入っている。

「これ以外に都度払いコースもあって、一回三千円払えばこんな感じで全部レンタルで体験できます。月一回だけ来る人もいれば、年に数回ふらっと来る人もいます」

安以加はチラシを持ってきて、明石さんとわたしに渡した。

「へぇ、いいかも」

「わたしも書きたくなったら来ようかな」

「うちはいつでも大歓迎です」

鷲嶺さんが寄ってきて頭を下げる。

「臨時休業のお知らせやイベントはＬＩＮＥの公式アカウントで配信してるので、よかったら登録してください」

「ＬＩＮＥですか」

明石さんが冷静に突っ込んだので笑ってしまった。伝統に守られた雰囲気の平尾書道教室とＬＩＮＥという現代的なツールがどうもアンバランスで面白い。

わたしはチラシに印刷されたコードを読み込み、平尾書道教室のアカウントを友だち登録した。アイコンは鷲嶺さんの顔写真になっている。

「こう見えておじいちゃん、新しもの好きだから。お月謝はPayPayでも払えるんだよ」

「たしかに便利かも」

ふと後ろの方に目をやると、大日向くんと光吉さんが黙って筆を動かしているのが見えた。

「わたしたちも、もうちょっと書きましょうか」

「あ、ついしゃべっちゃった。ごめんごめん」

明石さんが軽い調子で謝り、わたしたちは再び「平安」を書きはじめた。鷲嶺さんのお手本を見ると、一本の線の中にも太いところと細いところがあるのがわかる。

「横画は右上がりに書くのが基本だが、上がりすぎてもよくない。分度器の一目盛りぐらいの気持ちで」

鷲嶺さんに見守られながら三十分書道と向き合い、最後に一番よくできた「平安」を提出した。最初に書いた「平安」と並べて黒板に掲示される。

「すごーい、みんな上手くなってる」

声を上げて笑う明石さんにつられてわたしも笑う。その差は歴然で、一回でこれほど字が変わるのかと感動すらおぼえた。もともと上手だった安以加でさえ、筆が乗っているのがわかる。

「ひなちゃんなんて俺の六年分ぐらい上達してる」

大日向くんの平安は一枚目からちゃんと上手かったけど、あとに書いた方は線の太さも字の大きさも自信に満ちているようで、別人の作品みたいだった。

「これまで何千人と教えてきたが、一日でこんなに変わるのも珍しい」

鷲嶺さんにも褒められて、感情があまり表に出ない大日向くんも表情が緩んでいる。

「なんとなく、自分に向き合えた気がします」

えっ、さらっとすごいこと言ってない？　わたしは「平安」をいかに上手く書くかに心を砕いていて、自分のことなんて考えていなかった。でも自分に向き合うという観点でいえば、ついつい書き急いでしまうところとか、一度の失敗で動揺してしまうところとか、性格が出ていたような気がする。

「いきなりそこに到達するのはすごすぎるよ」

安以加も大日向くんに賛辞を贈った。

「幸太郎もよくがんばったな。ちゃんと真面目に取り組んだのがわかる」

「そんなそんな」

鷲嶺さんが光吉さんの「平」の一画目に二重丸をつける。

「すみれさんは筆を運ぶ呼吸がよくなっている」

これって一人ずつ褒められるパターン？　わたしだけ褒められなかったらどうしようとソワソワしていると、順番が回ってきた。

「栞さんは肩の力が抜けて、線が伸びるようになった」

鷲嶺さんが「平」の縦画に二重丸をつけるのを見て、充実感で胸がいっぱいになる。そんなほっこりした気持ちも束《つか》の間《ま》、

「安以加はここの勢いを少し抑えたほうがまとまる。この画はもうちょっと息を続けて、こっちの中心まで流す気持ちで……」

とレベルの違う講評をはじめた。安以加も真剣な顔で「まだ早いってこと？」「もうちょ

っと力入れたほうがいい?」と質問を繰り出している。わたしは思わず明石さんと顔を見合わせた。

習字体験を終えて外に出るとだいぶ暗くなっていた。今日は曇っていて、月も星も見えない。

「今日は楽しかったです。ありがとうございます」

明石さんが鷲嶺さんに頭を下げて、わたしたちも合わせてお礼を言う。

「またいつでもお越しください」

自転車組と別れ、わたしは明石さんと学校方面に歩き出す。

「ていうかほんとに楽しかったよね。また来週も来たいぐらい」

「でもそれだと平安部じゃなくて書道部になっちゃいますね」

「たしかに」

部室で元文芸部の人に会って、平尾家の蔵と着物を見せてもらって、書道教室に体験入学して、盛りだくさんの一日だった。

「平安パーク、ちょっとだけど見えてきたよね」

「はい。なんとかなりそうな気がしてきました」

元文芸部のうろこぐまさんが「見にくるよ」と言ってくれたのも大きい。秘密基地のイメージも共有できて、今日一日でぐっと実現に近付いた気がする。

「最初は平安部って何?　って感じだったけど、入れてもらえてよかったよ」

そんなふうに言ってもらえるとは思わなかった。お風呂に入浴剤を入れたときみたいに、胸のあたりがしゅわしゅわする。

「いや、わたしのほうこそ、明石さんに入ってもらえてよかったです。人数ギリギリだったし」

百人一首部の人に幽霊部員はいないか尋ね、明石さんを掘り当てたのは安以加の手柄だ。

「やっぱり、幽霊部員って後ろめたいのよ。たまには顔を出したいけど、今さら行ってもなって思っちゃう。そんなことが続いていくうちにどんどん行けなくなって、やめますって言う勇気もなくて、モヤモヤしてたの。二人が誘ってくれなかったら、わたしは今でも百人一首部のままだったんじゃないかな」

その世界線のわたしたちは五人集められず平安同好会として活動していただろうか。あるいは明石さんじゃない別の誰かを探し当てていただろうか。

「そういえば、明石さんが百人一首部に行かなくなった理由って、競技かるたじゃなくて歌に興味があるからって言ってましたよね？」

「うん、そうだけど」

「平安パークに歌コーナーがあってもいいですよね。歌を詠んで、筆で書くとか」

「えっ、それめっちゃいいね」

明石さんが喜んでくれて、わたしもうれしくなる。

「さっき書道をやってみて、この際なんでもやったらいいって思ったんです。そもそも平安時代について考えるのは歴史研究部のやることだし、書道は書道部だし、蹴鞠はサッカー部だし、歌は百人一首部だし、そういうのごちゃ混ぜでいいじゃないって」

明石さんの大きな笑い声が、誰もいない夜道に響く。

「うん、そうだね。わたしたち五人の興味もバラバラだし」

平安部の名のもとに集まった五人だけど、菅原高校に通っていることぐらいしか共通点がない。

「それにしてもわたし大日向くんのことがつかめてないわ」

「わたしもです！」

明石さんにとっても大日向くんは不思議な存在だと判明し、さらに親近感が増す。平安部に入る動機が一番薄そうだった彼が、元文芸部のうろこぐまさんにDMを送ったり、蔵で平安パーク用の畳を見つけたり、いつのまにかエース級の成長を遂げている。

「他人に全然興味ないように見えて、ちゃんと見てるよね」

「そうなんですよ。あのこだわりのなさもこだわりなんじゃないかと思ってて」

大日向くんの話をしているうちに高校の近くまでやってきた。行きは安以加の家の場所がよくわからなかったから「どこまで歩かされるんだろう」と不安をおぼえていたけれど、帰りはあっという間だったように感じる。

「それじゃ、また来週」

「お疲れさまでした」

また来週。明石さんの言葉を心の中で繰り返す。平安部が学校生活に組み込まれて、馴染んでいるのがうれしかった。

〝次回の部活、みんなで蹴鞠をしませんか〟

朝の通学電車でスマホを見ていたら、平安部のグループＬＩＮＥに大日向くんからメッセージが届いた。先日明石さんと大日向くんについて語り合う中で、実はとても熱い人間なのではないかという説も出ていた。この積極性は目を見張るものがある。

蹴鞠だって、そこまでやりたいとは思わないけれど、はっきり反対するほどでもない。学校に着いて安以加に相談してみようと思っていたら、光吉さんから〝やろうやろう！〟と即レスが入る。

五月下旬にもなると、教室の空気が身体にしっくりくる感覚がある。まわりの女子に「おはよー」とあいさつしながら席に着く。

「栞ちゃん、おはよう」

先週席替えがあって、わたしと安以加の席は離れてしまった。だけどわたしは廊下側の一番前の席なので、安以加は必ず声をかけてくれる。

「おはよう。大日向くんからのＬＩＮＥ見た？」

まだチェックしていなかったようで、安以加は立ったままスマホを取り出して画面を見た。

「蹴鞠？　やろうやろう！」

あ、やっぱり乗り気なんだ。

〝ぜひやりましょう！　わたしもジャージで行きます〟

安以加がメッセージを送信したので、わたしも「ＯＫ」のスタンプで同意を示した。

「安以加ってサッカー得意なの？」

思わず尋ねる。体育の授業で見る限り、安以加は走るのが遅く、運動神経は悪そうだった。

「スポーツ全般ダメだけど、蹴鞠はやってみたい。これまで付き合ってくれる人がいなかったから、うれしくなっちゃった」

目を輝かせる安以加を見て、反省する。平安の心を学ぶのに、得意かどうかなんて関係ないのだ。

「それより聞いてよ、きのうの部長会の話」

各部の部長が集まる部長会があるとは聞いていた。安以加は口をとがらせていて、何がしかの不満があったのだと推察できる。

「あぁ、どうだった？」

「まず、平安部の席が用意されてなかったの」

思わず「ひどい！」と声が出る。

「歴史研究部の原さんが『ごめんねー』って言って椅子を持ってきてくれたけど、あれ多分わざとだと思う」

「それはムカつくね」

「でしょう?」

聞いているだけで腹の立つ話ではある。でも、ファミレスで中学時代の同級生から嫌味を言われて黙っていた安以加が、こういうことを怒って話せるようになったのだと思ったら、ちょっとうれしくなってしまった。

「そのあと文化祭のときの教室の話になったんだけど、和室とか特別な教室はもうほかの部が使うことが決まってるから、あたしたちは普通の教室だって。別にいいんだけど、新入りだからって全然希望を聞いてもらえないのはひどいよね」

わたしも「ひどいね」と共感を示す。

「安以加は全然悪くないよ」

「ありがとう」

一年生は安以加だけだろうし、さぞかし心細かったことだろう。とはいえ、わたしがついていったところで役に立てたとは思えない。たとえば光吉さんがついていったら心強いだろうが、それはそれで変に目立ってしまいそうだ。

「あと、もらえる部費は一年で二万円だって」

そんなものだろうと思ってしまったが、安以加は不服そうである。

「がんばって実績を作っていくしかないね」

わたしが言うと、安以加も「そうだね」とうなずく。

「でも、平安部の実績ってなんだろう」

安以加の疑問はもっともである。運動部にしても文化部にしても大会で優秀な成績をおさめたら校舎に垂れ幕が掲示されるけれど、平安部にそんな機会はなさそうだ。

「なんだろうね」

そこへ担任の藤原先生が入ってきて、答えが出ないままおひらきになった。

次の月曜日、平安部は運動ができる服装でグラウンドの隅に集合した。放課後のグラウンドは当然運動部に使われていて、わたしたちが入り込む隙はない。昇降口を出てすぐのわずかなスペースをこっそり拝借することにした。

菅原高校に指定の体操服はなく、体育の時間は動きやすい服装を各自で用意する。わたしは中学時代からはいている紺色のハーフパンツに、水色の無地のTシャツだ。

「この格好で集まると、なんだか運動部になったみたいだね」

安以加は首と袖に黒いラインの入ったいかにも体操服らしい体操服に、あずき色のジャージの長ズボンだ。すでに体育の授業で何度も見ているが、小学生の頃からこういう服装だったんじゃないかと思うぐらいしっくりきている。

蹴鞠をやろうと提案した大日向くんは、アルファベットの入った白いTシャツに黒い長ズボンだ。それに加えて、白い大きな袋を持っている。

「ひなちゃん、サンタさんみたいだね」

光吉さんは黒いジャージの上下で、袖とズボンの側面に白いラインが三本入っている。

「いろいろと試してみたくて、家にあるボールを持ってきました」

大日向くんが袋をひっくり返すと、ゴムボールやバレーボール、サッカーボールがごろごろ出てきた。

「えー、すごい」

明石さんはマイメロディが描かれたピンクのTシャツに、青色のハーフパンツだ。スニーカーもパステルピンクで、かわいいもの好きというのがよくわかる。

「なんだか最近大日向くんが部長みたいになってるような」

自虐っぽく言う安以加に、大日向くんは「そんなことないよ」と言いながら膝の屈伸をはじめる。

「いちおう準備運動しておきましょう」

わたしたちも大日向くんに合わせて膝を曲げ伸ばしする。

「部活って感じだね」

伸脚をしながら、光吉さんがはしゃいだ声を上げる。

「光吉さんって中学時代は何部だったんですか?」

「俺?　吹奏楽部」

意外すぎる答えに、わたしだけでなく明石さんも「えぇっ?」と声を上げる。

「楽器できるの?」

「パーカッションだけどね。あとは荷物持ちが主な役目だった」

「あたしは中学違ったけど、吹奏楽部の子たちが『竹中《たけちゅう》に超イケメンがいた』って騒いでたから気付いてたよ」

安以加の言うとおり、このビジュアルで打楽器をやっていたら舞台の隅にいても目立つだろう。

「どうして吹奏楽部に入ったんですか?」

手首と足首を回しながら大日向くんが尋ねる。

「運動、嫌いなんだ。走るのも遅いし」

明快な回答である。そこから全員の中学時代の部活を確認することになり、大日向くんはサッカー部、わたしは陸上部、明石さんはバレー部、安以加は美術部だったと話した。

「栞ちゃんは陸上部で何をやってたの?」

「わたしの学校は田舎なので……ひたすら山を走っていました」

わたしが答えると、明石さんが笑った。

「え、めっちゃ楽しそう」

準備運動を終えると、大日向くんがみんなの前に立って説明をはじめる。

「まずはリフティングからやりましょうか。足の甲を使って、真上に蹴り上げるのがコツです。高さはそこまで上げなくて大丈夫です」

大日向くんがサッカーボールで実演してみせた。蹴り上げられたボールは正確に上下運動を繰り返している。

「ひなちゃんって何回ぐらいできるの？」

「五百回までは数えたことがあるんですけど、数える方が疲れちゃって」

リフティングしながら会話するのも余裕らしい。

「えー、わたしもやってみる」

明石さんはバレーボールでリフティングを試みたが、最初の一回からあらぬ方向へ飛んでいった。

「むずっ」

「まずは二回、三回と少しずつ目標を立てていくのがいいです」

わたしもやってみたくなり、転がっているサッカーボールを手にとった。縫い目のところが茶色くなっていて、使い込まれているのがわかる。真上に小さく蹴るのを意識したら二回はできたけれど、三回目はつま先で前方に飛ばしてしまった。別のボールで挑む光吉さんも、二回か三回がいいところだ。

「あたし、できる気がしないんだけど……」

「その大きいゴムボールが一番簡単じゃないかな」

大日向くんがリフティングを続けながら安以加にアドバイスする。安以加は言われたとおりにゴムボールを手にとり、こわごわと二回蹴り上げた。

「実際のところ、このゴムボールが蹴鞠の鞠の重さに近いかも」

「そうなの？」

わたしが聞くと、安以加は転がっていったゴムボールを手にとってうなずく。

「うん。平安時代の鞠はサッカーボールより軽かったんだって。っていってもこんなにきれいな球体じゃなくて、縦長のマカロンみたいな、二つの丸いパーツをくっつけたような形だよ」

「へぇ〜」

それぞれのボールで試行錯誤していくうちに、だんだん楽しくなってきた。練習の合間にスマホでリフティングのコツを検索すると、動画がずらっと出てくる。わかるようなわからないようなアドバイスを見ながら、「靴紐《くつひも》のあたりに当てるそうです！」とか「足首は動かさないそうです！」など、明石さんと共有して盛り上がる。

光吉さんは一人で黙々と練習しており、大日向くんは安以加にマンツーマンでレクチャーしていた。

三十分ほど練習した結果、光吉さんは十二回まで記録を伸ばし、明石さんとわたしは危なっかしくも十回をクリアし、安以加もゴムボールで五回まで続けることができた。

「それでは、実戦に移りましょう」

達成感を得て、一同盛り上がっている。わたしたち五人は大日向くんから時計回りに、安以加、わたし、光吉さん、明石さんの順に並んだ。

「この前光吉くんと大日向くんがやったときはどれぐらい続いたの？」

「最高で五回」

少ないなと思ってしまったけれど、初心者ではそんなものかもしれない。

「蹴る順番は決まってるの？」

わたしが尋ねると、安以加は「そこまではわかんない」と首を傾げる。

「決まってないよ」

代わりに大日向くんが教えてくれた。

「ちなみに、三回までなら同じ人が蹴っても大丈夫。蹴り上げるときには『アリ』『ヤア』『オウ』っていう掛け声があるんですが、そこまで気が回らないと思うので、気にせずやってください」

大日向くんはネットで蹴鞠について詳しく調べたそうで、ますますエースみたいになっている。とりあえずサッカーボールでやってみようということになり、大日向くんから右隣の明石さんに蹴り出した。明石さんが蹴ったボールはわたしのほうに飛んできて、かろうじてボールを蹴ることはできたけれど、まっすぐ円を飛び出てしまった。

「これはたしかに難しいね……」

「みんなひなちゃんに向かって蹴ればいいよ」

その後三回試してみたが、はかばかしい結果は得られなかった。

「サッカーボールは難しいかもね」

大日向くんは安以加が使っていた軽いゴムボールを持ってくる。

「相手にパスするというより、高く上げて放物線を描くイメージでやるといいかもしれません」

　まず大日向くんが蹴り上げ、次に光吉さんが足の甲で真上に蹴る。隣の明石さんがそれを受け止め、再び大日向くんに戻る。

「はい、平尾さん」

　指名された安以加がなんとか小さく蹴り上げると、大日向くんが的確にボールを捕まえ、「次は牧原さん」とこっちに蹴ってくる。ボールはわたしの足に触れたけれど、つま先に当たってまっすぐ飛んでしまった。

「ごめん！」

「全然大丈夫だよ。めっちゃ続いたね」

　明石さんがフォローしてくれた。

「初心者でこれだけできるってことは、練習したらもっとすごいかも」

　光吉さんもポジティブなことを言う。

「実は僕、調べたんですけど」

　大日向くんがスマホを持って切り出した。

「夏休みに、京都で蹴鞠の大会があるらしいんです」

　見せてくれたスマホの画面には、「平安蹴鞠選手権２０２４in京都」と書かれている。開催日は今年の七月二十七日土曜日。一チームは五人〜八人で構成する。

「去年の大会の様子がニュース動画で上がってたんですが、みんなそんなに上手くなくて。

練習したらいいところまでいくんじゃないかと思います」

わたしと安以加は顔を見合わせた。平安部の実績を作る千載一遇のチャンスだ。

「出ましょう」

安以加が力強く応える。

「せっかくだし、平安部合宿にしたらどう？　わたし、宇治《うじ》の源氏物語ミュージアム行ってみたい」

「いいですね！　栞ちゃんはどう？」

「うん、賛成」

このメンバーで京都に行く、少し前にそんな話をしたような……？

「あっ、でも、徒歩で行くのはやめましょうね」

以前歴史博物館に行ったとき、平安時代みたいに徒歩で京都に行ったらどうなるかと話していた。ここから京都まで、夏の暑い中歩き通すのはさすがに無理がある。

「それはそうだね」

明石さんが笑う。

「新幹線は高いから、電車にします？」

「青春18きっぷ使ったらいいよ」

五人でロングシートに並んで座るところを想像する。京都まで片道三時間半、楽しい旅になりそうだ。

「そうと決まったら、もう少し練習しましょう」

大日向くんがスマホをポケットにしまって言う。わたしたちは空の色が変わるまで、ゴムボールを蹴り続けた。

第四章

受けて立ちます

「暑っ」

京都駅のホームに降り立った瞬間、平安部一同声をそろえた。

菅原駅に集合した時点で「今日も暑いね」と言い合っていたが、京都の暑さは質が違う。全方位から攻められて、どこまで行っても逃げられないような暑さだ。

「この暑さの中で蹴鞠やるの？」

顧問の藤原先生が誰に聞くともなく言うと、大日向くんが「体育館だからそこまで暑くないと思います」と返す。

だいたい、やる気のない顧問でおなじみの藤原先生が同行するとは思わなかった。これまでの部活では初回に顔を出しただけで、歴史博物館には部活動関係なく行ったことにしてねと言い放った顧問である。わたしと安以加にとってはクラスの担任でもあるのだが、日々の関わりの中で平安部の話題は一切出なかった。

それでも「平安蹴鞠選手権２０２４in京都」に出ることは一応伝えたほうがいいと思い、わたしと安以加が帰りのホームルーム終了後に話したところ、

「えっ？　七月二十七日？　行く行く！」

と目を輝かせたのだ。その日は菅原高校の教員一同炎天下でゴミ拾いをする奉仕活動があ

り、どうにかサボる口実を探していたらしい。

「部活の引率で欠席する先生もいて、『いいな～』ってうらやましかったの。平安部にも引率があるなんて、顧問になった甲斐《かい》があったよ」

わたしたちのほうから「別に来なくていいです」と断るわけにもいかない。藤原先生は張り切って青春18きっぷを購入し、格安のビジネスホテルを予約してくれた。すごくありがたかったけれど、来ないものだと思っていたからちょっとやりづらい感じはある。

「やっぱり京都に来ると背筋が伸びるね」

安以加は暑い中でもニコニコしている。

「いやぁ、それにしても暑すぎ。生きてるだけで痩せそう」

明石さんはハンディファンを顔に当て、至近距離で風を送っていた。

大会が行われるのは西京極《にしきょうごく》総合運動公園にある体育館だ。京都駅のバス乗り場は外国人ばかりで、わたしたちのほうが外国に来たみたいになっている。

「海外旅行気分が味わえていいね」

光吉さんは今日も絶好調だ。電車の近くの席に座っていたおばちゃんから「お兄ちゃん男前やな」と冷凍みかんを分けてもらっていた。この暑さの中でも汗ひとつかいていなくて、人間としての構造が違う気がする。

京都駅前バス乗り場から二十三号のバスに乗り、西京極運動公園前で降りた。またしても「暑っ」と声が出る。会場の体育館に入るとぬるい空気でいっぱいだったけれど、屋外と比べたら全然マシだった。

平安蹴鞠選手権はいかにも伝統がありそうな大会だと思っていたのに、今年で二回目と聞いてずっこけた。蹴鞠をオリンピック種目にしたいという旗印を掲げているものの、まだまだ道は遠そうである。もっとも、蹴鞠が誕生してから一〇〇〇年以上経《た》っているのにメジャーになっていないのは致命的で、なんらかのテコ入れが必要そうだ。

受付でもらった対戦表によると、参加チームは二十組。まずは予選ブロックで鞠を蹴った回数を競い、全体の上位八チームが決勝トーナメントに進む。

わたしたちは「菅原高校平安部」というそのまんまのチーム名だが、ほかのチームは「右京区けまりんず」とか「おっさん蹴鞠ポンポン会」といったゆるいテイストだった。

その中でも異彩を放っているのが昨年の優勝チーム「京都大学蹴鞠研究会」である。

「あれが京大蹴鞠会ですね」

大日向くんが指さす先には濃い紫のＴシャツ集団がいた。全員男子で、背中には白い行書体で「蹴鞠」と書かれている。

「めっちゃ強そう！」

藤原先生はなぜかゲラゲラ笑っている。

「あたしたちにも部費がたくさんあればおそろいのＴシャツが作れるんだけど……」

安以加が嘆くと、明石さんが「そのためにもがんばらないとね！」と張り切る。

今年の部費としてもらった二万円は旅費の足しにしてしまった。今のところなんの実績もない平安部だけど、この大会で好成績をおさめたら地位の向上が期待できる。今後の部のあり方を占うためにも、予選落ちは避けたい。

「よしっ、優勝してTシャツつくろう」

光吉さんが能天気な調子で言う。さすがに優勝は厳しいのではと思っていると、大日向くんが真面目な顔でうなずいた。

「去年の動画を見る限り、敵は京大蹴鞠会だけです。本番次第では十分優勝の可能性があると思っています」

「ほんとに？　みんなそんなすごいの？」

藤原先生が顧問をすっぽかしている間、わたしたちは毎週運動場の隅で練習に励んでいた。だんだんコツをつかんでラリーが続くようになり、「アリ」「ヤア」「オウ」の掛け声も自然と出てきた。

あるとき、同じクラスの八木くんがサッカー部員二人を連れて「毎週そこでなにやってんの？」と話しかけてきた。大日向くんを紹介してくれた恩人だけど、平安部のことは怪しんでいたから、話しかけてくるとは思わなかった。

「蹴鞠だよ」

大日向くんが答えると、八木くんが「けまり？」と復唱する。

「へぇ、面白そう」

別のサッカー部員が言い出して、一緒に蹴鞠をやることになった。普段からサッカーをプレイしているだけあって、ボールを拾うフォームや、蹴り出すタイミングが様になっている。わたしたちも大いに刺激になった。

「みんな、家でリフティングの練習をするようになったんですよ」

安以加が言うと、藤原先生が「ガチじゃん」と目を丸くする。わたしもゴムボールを買って、自分の部屋で練習していた。

「問題は公式球ですね」

大日向くんが大会本部に置かれた四つの鞠に目をやった。

平安蹴鞠選手権では平安時代の鞠を競技用に再現した公式球が使われる。公式球は市販されておらず、この大会のために四個作られたものだ。前に安以加が言っていたように、マカロンを膨らませて球状にしたような不思議な形をしている。本番の前に十分間の練習タイムがあり、その間に公式球に慣れなくてはならない。

「あっ、京大蹴鞠会はマイ鞠を持ってる」

明石さんが言うとおり、京大蹴鞠会は大会本部に置かれたものとそっくりな鞠で練習をはじめていた。

「去年も出てるだけあって万全だね」

安以加が感心したように言う。わたしたちみたいな経験の浅いチームが勝つのはさすがに無理なんじゃないかって思うけれど、弱気になってはいけない。

「僕たちも練習しましょう」

大日向くんの声に、わたしたちも円になって練習をはじめた。

何度か試行した結果、時計回りにわたし、明石さん、安以加、大日向くん、光吉さんというフォーメーションで確定している。

「アリ！」

大日向くんが掛け声とともに蹴り上げる。

「ヤア」

光吉さんがそのボールを拾い、わたしが「オウ」と高く蹴ると、大日向くんが中央まで進み出て「アリ」と明石さんに回す。

余裕があれば一回目はボールを受け止め、二回目で高く蹴り上げる。円の中心に近いボールはすべて大日向くんが取りにいく。安以加は苦手意識を持っているため無理には入らず、自分の近くにボールが来たときだけ蹴り上げ、隣の大日向くんが拾う方針だ。

ゴムボールで練習した一度目のラリーは二十六回だった。

「えっ、普通にすごくない？　せいぜい十回ぐらいだと思ってた」

藤原先生が驚いている。

「最高で四十二回続いたことがあります」

「ちょっとちょっと、早く言ってよ～」

四十二回続いたときの盛り上がりはすごかった。それまでの最高記録は二十四回だったから、三十回を超えた時点でテンションが爆上がりだった。このまま永遠に続いたら良いけれど、ラリーが続くたびプレッシャーがすごすぎて心臓がズキズキ痛くなる。光吉さんが蹴りそこねたときには不謹慎ながらほっとした。

「こんな運動部みたいになってるなんて知らなかった」

わたしだって意外だった。中学時代、クラス対抗球技大会の練習はもっとギスギスしていたけれど、平安部の挑戦はどこか気楽で肩の力が抜けている。大日向くんがエースとして引っ張っていて、運動が苦手な安以加も嫌じゃなさそうだし、二年生の明石さんや光吉さんも楽しそうだ。わたしもテレビでサッカーの試合を見ながらボールの軌道を確認する癖がついてしまった。

練習しているうちに開会式の時間になり、二十チームの参加者一同が整列する。チーム名から察するに京都を地盤とするチームが多く、ほとんどは大人だ。わたしたち以外に高校の名前を冠しているのは「白虎《びゃっこ》高校歴史研究部」だけである。藤原先生は大会スタッフに紛れ込み、スマホでわたしたちを撮影していた。

開会式では実行委員長や来賓の挨拶に続き、ルール説明があった。

「一チームは五人から八人で、鞠はこちらの公式球を使っていただきます。一人につき三回まで連続で蹴ることができますが、その場合も一回とカウントします。他人に蹴り出すときには『アリ』『ヤア』『オウ』の掛け声が必要で、掛け声を忘れた場合はカウントされません。なお、掛け声の順番は問いませんので、同じ掛け声が続いても構いません。予選では四チームずつ出てきていただき、十分間の練習の後、三回のラリーができます。その中で、もっとも続いたラリー回数の上位八チームが、決勝トーナメントに進めます」

説明を聞きながら、ほかのチームはどれぐらい練習を積んできているんだろうと考える。

わたしたちの右隣にいるのは「おっさん蹴鞠ポンポン会」で親世代のおじさん六人組だ。左隣は「桂川《かつらがわ》ファイターズ」で、わたしたちと同じ男女混合の五人チーム。桂川不動産の文字が入ったTシャツを着ていることから、同じ職場のメンバーと推察できる。

「決勝トーナメントでは、二チームずつラリー回数を競います。最大三試合で、先に二勝したチームが勝ち上がります。優勝したチームには、賞金五万円が贈られます」

五万円。わたしたちから見たら大金ではあるが、大人が目の色を変えて欲しがる賞金とも思えない。どうしてこの大会に出ようと思ったのか、気になるところである。

予選は四チームずつ、Aブロック からEブロックに分かれている。わたしたちはCブロックなので、出番は三回目だ。

「まずはお手並み拝見だね」

安以加が言う。Aブロックの四チームが円を作り、公式球での練習をはじめた。一番近くにいるのは「崇徳《すとく》ぽかぽか会」で、町内会の集まりみたいな男性六人組だ。せいぜい三回ぐらいしかラリーが続かず、普段からそうなのか、公式球の扱いに慣れていないのか、判断しかねる。

「公式球って思ったより重そうじゃない?」

明石さんが言うと、大日向くんが「そうですね」と同意する。

「それに、四個とも微妙に重心が違う気がします。十分間でいかにコミットできるかが勝敗の鍵かもしれません」

「ひなちゃん、すごい」

光吉さんが感嘆の声を上げた。

「なんだか緊張してきたー！　わたし出ないのに！」

藤原先生が手をバタバタ動かして騒ぎはじめた。

「わたしが代わりに緊張してるからみんなは緊張しなくていいよ！　いっぱいつながるようにイメトレしておいて！」

「先生、落ち着いてください」

明石さんがなだめる。変なテンションを振りまいている藤原先生を見ていると、たしかにわたしたちは緊張しなくてもいいかなと思えてきた。

「栞ちゃんは緊張しない？」

「まだ大丈夫みたい」

「あたし、もうドキドキしてきた」

安以加とそんな話をしているうちに崇徳ぽかぽか会が公式球に慣れてきたようで、だんだんラリーが続くようになった。

「十分間の練習時間が終わりました。一回目の競技に入ります」

ガヤガヤしていた体育館内が静かになる。

「それでは、はじめてください」

司会の声で、各チームが「アリ」と蹴り上げる。一番近くにいるというだけで崇徳ぽかぽか会に肩入れして見ていたが、ラリーは八回で終わった。とはいえほかのチームも四回、七回、十一回で、Aブロックでは決して悪い成績ではない。

「えっ、平安部、ぶっちぎりで優勝しちゃうんじゃない？」

藤原先生の発言に、大日向くんが「まだなんとも言えません」と冷静に返している。

「大日向くんは緊張しないの？」

安以加が尋ねると、大日向くんは「めっちゃしてる」と答える。

「でも、サッカー部ではずっと補欠だったから、出られてうれしいんだ」

わたしははっとする。そうか、これって大日向くんにとって大事な大会なんだ。どこか気楽な気持ちでいたけれど、もっと真剣にやらないといけないのかもしれない。

「ヤバい、わたしも緊張してきたかも」

わたしが焦りはじめると、安以加が「そういうときは手のひらに『人』って書いて飲むんじゃなかったっけ」と手のひらに人差し指をすべらせる。右払いにたっぷり時間を使っているのを見たら、ここでも手を抜かず達筆なんだろうと笑ってしまった。

「わたしもやってみるよ」

この前鷲嶺さんから習ったみたいに、始筆をしっかり置いて左に払う。そこから呼吸をつなげて二画目に入り、右払いはゆっくりと。完成したら左手のひらを口に近づけて、食べるまねをする。

「たしかに、ちょっと落ち着いたかも」

そんな効果があるわけないとは思いつつ、ちょっとだけ気が紛れた。

「よかったー」

Aブロックの予選が終わり、Bブロックのチームが出てきた。その中には京大蹴鞠会がいる。練習のはじめのほうは三回とか四回とか低調だったけれど、次のラリーでは三十回続けて、実力の違いを見せつけていた。

「やっぱり、一度目で勢いを止めて、二度目でパスしてるね」

明石さんが言う。一人が二度蹴る作戦は同じだけど、わたしたちが大日向くん頼みなのに対し、京大蹴鞠会は隣の人に小さくパスしていく作戦のようだ。

「マジ上手いじゃん」

「ほんと、すごいよね」

わたしたちだけでなく、会場中が京大蹴鞠会に注目しているのがわかる。ほかの団体競技だったら相手の動きを封じたりミスを誘ったりできるが、蹴鞠はチームごと完全に独立しているから妨害できない。ライバルよりも一回でも多くラリーを続けるという、己との勝負だけだ。

結果、Bブロックは京大蹴鞠会が五十二回で暫定一位になった。暫定二位のチームは二十一回だから、大きく引き離している。

「Cブロックの皆さんは競技位置についてください」

「そうだ！　円陣組む？」

明石さんが突然思い出したように言い出した。

「そうだね、気合い入れていこう」

光吉さんも同意し、安以加が「いつもの順番がいいですよね」と加わる。わたし、明石さん、安以加、大日向くん、光吉さんと円を作り、肩を組んだ。

涼しい顔をしてみたけれど、光吉さんに腕を回されて意識するなというほうが難しい。わたしの人生でこんな人気者と触れ合う機会が巡ってくるなんて思いもしなかった。

「か、掛け声はどうします？」

気をそらすために問いかける。

「『ゴー！』とかでいいんじゃない？」

「平安部だから日本語のほうがいいかも」

「ちゃんと考えておけばよかったですね」

おのおの発言する中、部長の安以加が声を上げる。

「『それいけ！　平安部！』でいきましょう」

「いいね！」

円の外で藤原先生がスマホを構えながら親指を立てる。

「じゃあいきますよ」

安以加が大きく息を吸い込んだ。

「それいけ！」

「平安部！」

みんなの声がそろった。平安部の一員なんだという実感が胸のうちに膨らんで、やる気が満ちていくのがわかる。わたしたちは円陣を解き、指定の場所に向かった。

競技委員が公式球を持ってきて、大日向くんが受け取る。大日向くんは両手で公式球を触り、質感を確かめているようだった。

「いつもどおりやれば大丈夫です。まずはこの鞠に慣れましょう」

練習時間がはじまり、大日向くんがいつもの調子で鞠を蹴り上げる。わたしのほうに飛んできたのでいったん足で受け止めてみたものの、ゴムボールとはどこか違う。二度目の蹴りで高く上がらず、すぐ前の地面に落ちてしまった。

「大丈夫大丈夫！」

明石さんがポジティブな声かけをしてくれるけれど、一筋縄ではいかなそうだ。

「すみません。いったん、僕とマンツーマンでやりましょう。なるべく鞠の真ん中を蹴るよう意識してみてください」

大日向くんが鞠を手に進み出て、一人ひとりとパスをする。

「普段使っているボールと比べて弾まないので、力を入れて蹴ったほうがよさそうです」

ほかの人が大日向くんと蹴り合っているところを見ても、いつもの感覚ではボールが高く上がらないのがわかる。逆にいえば変なほうに飛んでいくリスクは少ない。

「思ったより重い感じがするね」

「ふにゃふにゃしてますね」

おのおの感想を述べているうちに、「練習時間、残り三分です」のアナウンスが入る。

「競技形式でやってみましょう」

わたしたちは円になって広がり、大日向くんからラリーをはじめる。鞠の癖に慣れたおかげか、十二回続けることができた。

「大丈夫大丈夫！」

明石さんの声かけが祈りのように響く。

「うんうん。みんなもっと笑顔でいこう」

光吉さんが顔の横でピースしながら口角を上げてみせる。気付けば表情がこわばっていた。両肩をぐるぐる回してリラックスするよう努める。

「あれだけ練習したんだから大丈夫です。菅原高校の運動場のつもりでいきましょう」

大日向くんに言われて、いつもの練習場所を思い浮かべる。グラウンドの隅、校舎のすぐそば。年季の入ったコンクリートの手洗い場があって、ランニング終わりの野球部員が頭から水を浴びている。

「十分間の練習時間が終わりました。一回目の競技に入ります」

ここは京都の体育館だけど、メンバーはいつもの五人。円の外にはスマホを構える藤原先生がいる。

「アリ！」

大日向くんが蹴った鞠は狂いなく光吉さんの足先に飛んでいく。光吉さんはいったん鞠を受け止め、「ヤア！」の声とともに蹴り上げる。わたしはそれを反射的に受け止めて、「オウ！」と大日向くんのほうに返す。

大丈夫、いつもどおりだ。

安以加が小さく蹴って、大日向くんがフォローして、次は明石さんに回す。明石さんからわたし、わたしから大日向くん。だんだん公式球に慣れてきて、まっすぐ高く上がるようになってくる。

三回のラリーを終えて、最高記録は一回目の三十九回だった。なんだかんだ集中している一回目が一番記録が伸びる、あるあるである。

「よかったー、ほっとしたー」

安以加が両手で胸を押さえて言う。

「ひなちゃん、お疲れ」

光吉さんが大日向くんの肩を叩く。わたしたちはCブロックの中ではトップで、これまでの十二チームの中でも京大蹴鞠会に続く二位だ。八位以内に入れば決勝トーナメントに出られる。これから出てくるのはDブロックとEブロックの八チームだけだし、ほぼ確実であるように思われた。

「重要なのは順位です。予選の順位で決勝トーナメントの位置が決まります。よっぽどの強豪が出てこない限り京大蹴鞠会が一位なので、一番左に入ります。二位だと一番右に入れるので、京大蹴鞠会と決勝まで当たらず進めます」

「みんな〜！　めっちゃよかったよ〜！」

大日向くんの解説を聞いていると、藤原先生がハンドタオルで涙を拭きながら寄ってきた。

「こんな熱い試合が見られるなんて思わなかった。あとで動画送るね」

「すみません！　古都《こと》新聞ですが、お話聞かせていただいてもいいですか？」

今度はえんじ色の腕章をつけた若い女性記者が寄ってきて、気持ちが追いつかない。安以加が「あたしが部長です」と歩み出て、しっかりしてるなと感心する。

記者は安以加の氏名を聞いてノートに書き付け、質問をはじめた。

「菅原高校平安部というのは、学校の部活動として実在しているんですか？」

「はい。今年から新設した部です。平安の心を学ぶのが目標です」

「平安の心……」

記者が言葉に詰まっている。

「その一環で、蹴鞠を練習して、ここまで来ました」

明石さんが言葉を継ぐと、記者が「あぁ」とうなずいた。

「ってことは蹴鞠歴は二〜三か月ですか？　ここまで上達するなんてすごいですね」

「彼、大日向くんがサッカー経験者でリフティングの名手なんです。この大会を見つけて、出場を提案してくれたのも大日向くんです」

安以加の紹介に、大日向くんが軽く頭を下げる。

「サッカーボールとあの鞠って結構違うと思うんですけど、どうでした？」

「そうですね。サッカーボールみたいに弾まないので、扱いが難しいですね」

「なるほど。平安部は、ここにいる五人で活動されてるんですか？」

「はい。うちの高校では、五人集まらないと部にならないので、ギリギリなんです」

記者はふんふんとうなずきながらノートにメモしている。

「今年も京大の圧勝だと思われていたので、平安部が出てきて運営の人たちも喜んでると思います。優勝したらまたお話聞かせてくださいね」

記者はそう言い残して去っていった。

優勝。わたしたちにもその目があるんだと身が引き締まる。優勝賞金の五万円がもらえたら、おそろいのTシャツが作れるし、文化祭の平安パーク作りの足しにもなる。ここに来るまでに交通費や宿泊費で五万円以上かかっているのだけど、そこは目をつぶろう。

「すげえ！　俺たち、優勝候補として取材されたってこと？」

光吉さんが拍手して喜びを表現している。

「そうだよ。さっきの試合中、みんな平安部のほう見てたんだから」

藤原先生が騒いでいる間も、大日向くんはＤブロックの練習をじっと見ていた。

「なにかチェックしてるの？」

安以加が尋ねると、大日向くんは「鞠の癖を見てるんだ」と答える。

「サッカーボールよりは軽いけど、普段使ってるゴムボールよりは重かったね」

明石さんの言うとおり、サッカーボールともゴムボールともつかない不思議な蹴り心地だった。

「でもやっぱりひなちゃんがすごいよ」

「そうそう。京大蹴鞠会からスカウトされちゃうんじゃない？」

盛り上がる二年生二人に、大日向くんが「さすがに京大は……」と苦笑する。

Dブロックと Eブロックに強豪はおらず、一位はそのまま京大蹴鞠会の五十二回で、二位はわたしたち菅原高校平安部の三十九回だった。三位は桂川ファイターズの二十三回で、平安部が有力候補であることに間違いなさそうだ。

「トーナメント初戦は、白虎高校歴史研究部だね」

ホワイトボードに書かれたトーナメント表を見て安以加が言う。

「白虎高校は京都市右京区……ここから徒歩六分だって！　超地元だね」

藤原先生がスマホを見ながら教えてくれた。いかにも京都らしい名前でかっこいい。

出番になると、わたしたちは再び「それいけ！」「平安部！」の掛け声で気合いを入れた。バスケットボールの試合開始のときみたいに、体育館の中央で横一列に並んで相手チームと向き合う。

白虎高校歴史研究部は男子四人、女子二人のチームだ。六人とも学校指定と思われる体操服と黄色いハーフパンツで、指定の体操服がないわたしたちからするとうらやましい。

予選では各チームが四つの輪になって蹴鞠をするだけだったから、ほかのチームのことはほとんど意識しなかった。こうして並んでみると、相手の顔が見えて緊張する。

「よろしくお願いします」

わたしの正面はひょろっとしたメガネの男子だった。端にいる女子二人がこっちをちらちら見ているのを感じるが、視線の先には光吉さんの顔があるに違いない。

「それでは、五分間の練習をはじめてください」

予選のときより練習時間が短くなっているが、いきなりはじめるよりはいい。大日向くんにリードされながらボールを蹴り上げる。

白虎高校の様子をうかがうと、ラリーはほとんど続いていなかった。でも和気あいあいとやっていて、楽しそうだ。

その後の本番でも実力差は明らかで、平安部が三十二対十二、三十八対十六の二本連取で危なげなく勝った。最後にまた整列して、礼をして終わる。

「自分ら、めっちゃ強いなー」

「ほんまにすごかったわ」

フィールドの外に出ると、わたしと安以加に白虎高校の男子二人が話しかけてきた。

「ありがとうございます」

安以加が素直に応じている。

「平安部って何してるん?」

「『平安の心を学ぶ』がモットーで、蹴鞠だけじゃなくて菩薩トランプとかお習字とかをやってます」

「めっちゃおもろいやん」

馬鹿にしているわけではなく、本気でそう思ってくれているらしい。

「歴史研究部ではどんな活動をされてるんですか?」

「いろいろやなー、最近は仏像を彫ってる」

わたしは思わず笑ってしまった。そうか、そんな活動もできるのか。

「あっ、もしよかったら大会のあと見にくる? うちの学校、すぐ近くやし」

思いがけない申し出にワクワクしてくる。安以加も「ぜひ行きたいです!」とうれしそうだ。

「ほなまたあとで」

白虎高校の人たちは元いた場所に戻っていった。

トーナメント二回戦も二連勝で通過し、京大蹴鞠会との決勝戦になった。

「決勝まで来るなんてすごいよ!」

藤原先生が一人で興奮してくれているおかげで、わたしたちはかえって冷静な気持ちを保っている。

「大日向くんがすごいのはもちろんだけど、全員が練習して、がんばってるのが伝わってくるよ。ほんとにすごい！」

顧問の先生ってこういう役割があるんだってはじめて気付いた。違う立場の人がいてくれることで、部活がより楽しくなるんだろう。

「これ以上がんばってなんて言えないから、楽しんできてね」

藤原先生のエールに、わたしたちは「はい」と声をそろえた。

「じゃあ、この大会最後の掛け声いきましょう」

最初はグダグダだった円陣も、四回目となると慣れてきている。

「それいけ！」

「平安部！」

わたしたちはフィールドに進み出て整列した。今まで以上に緊張しているけれど、これが今日の最後の試合だと思うと寂しくもある。

向かい合う京大蹴鞠会はいかにも頭が良さそうな五人組で、全員メガネをかけている。

「よろしくお願いします」

わたしは深くお辞儀をする。頭を上げると、大日向くんが鞠を受け取っているところだった。

「ツイてる。これ、一番いい鞠です」

大日向くんがわたしたちだけに聞こえるような声量で言う。

「そうなの？」

わたしは思わず尋ねていた。

「うん。重心が安定してて、まっすぐ上がるよ」

ためしにリフティングして見せてくれたけれど、大日向くんのリフティングはもともと上手いから違いがよくわからない。

明石さんと光吉さんは「やったね」「ラッキー」と素直に喜んでいるようだけど、安以加は硬い表情をしている。

「あぁ、やっぱり緊張する」

「いいのいいの。ここまで来れたのがすごいんだから」

「そうそう。失うものはなんにもないよ」

二年生コンビはいつもどおりポジティブな笑顔だけど、わたしも相当緊張している。わたしのミスで優勝を逃したりしたら……？　ネガティブな想像が膨らんで、逃げ出したいぐらいだ。

「それでは、一回目の蹴鞠をはじめてください」

練習時間が終わり、本番へのアナウンスが入る。大日向くんは涼しい顔をしているけれど、内心緊張しているに違いない。京大蹴鞠会の「アリ」が聞こえるのを待って、大日向くんが「アリ」と光吉さんに向けて蹴り出した。

「ヤア」

光吉さんが円の中心あたりに的確に蹴り上げ、進み出た大日向くんが的確に受け止めてからわたしにパスする。

「オウ」

わたしが蹴った鞠はあまり高く上がらなかったけれど、近くにいた明石さんが「アリ」と蹴り上げ、大日向くんにつないだ。

ただただ鞠の動きだけに集中していたら、何回つないだかわからなくなってきた。観客たちがワーワー言っているけれど、単なる音にしか聞こえない。

今のわたしにできることは、近くに落ちそうな鞠を感知して、地に着くより早く右足の甲で受け止めるだけ。

不意に「あー!」とひときわ大きな声が上がった。どうやら京大蹴鞠会が鞠を落としたらしい。だけどそこに気を配っている余裕はない。一回でも長く続けたい。

最後はわたしがあらぬ方向に蹴ってしまい、大日向くんでも取れずに終了してしまった。だけどまわりの反応で、わたしたちが一本先取したことがわかる。

「すごいすごい! 京大に一勝だよ!」

藤原先生がフィールドの外から大きな声を上げている。

「ドキドキした~」

安以加はへなへなとしゃがみ込む。

「大事なのは次です。つけ込むなら二本連取です」

手の甲で額の汗を拭いながら大日向くんが言う。

「うんうん、大丈夫！　みんなちゃんと集中してた」

明石さんがみんなの顔を見て言う。

「栞ちゃん、もっと肩の力抜いていこう」

光吉さんから名指しされてはっとする。

「軽く蹴ってくれたら俺が拾うから、大丈夫」

戸惑っているわたしに光吉さんがウインクしてきて、生身の人間がこんなことするんだってどぎまぎする。

「平尾さんも、ちゃんと蹴れてるから自信持って」

大日向くんの声かけに、安以加がうなずいて立ち上がる。

「それでは、二回目の蹴鞠をはじめてください」

アナウンスが流れてすぐ、大日向くんが「アリ！」と元気よく蹴り上げた。


最後の試合は必死すぎて記憶が曖昧になっている。大日向くんの活躍は言わずもがなで、明石さんも光吉さんもわたしも安以加もみんなでつないだ。

鞠の行方《ゆくえ》を目で追いながら、平安時代の貴族もこんなに必死だったのだろうかと考えた。一説には二千回以上続いた記録があるという。聞いたときにはそんなわけないでしょって思ったけれど、全員が大日向くん級で、毎日練習していたら、それぐらい続けられるのかもしれない。

「アリ！」

もう掛け声にまで気を配る余裕がなくて、みんな「アリ」しか言ってない。掛け声の順番はどうでもいいって言われているから、カウントは続いている。でも京大蹴鞠会もまだ終わっていないようだし、わたしたちも終わらせるわけにはいかない。

「わあっ」

明石さんの蹴った鞠が大きくそれた。会場にため息が漏れるのが聞こえて、みんなわたしたちを見ていたんだと思ったら急激に恥ずかしくなってくる。まわりの声が聞こえるようになるのと同時に京大蹴鞠会の様子も見えて、すでにラリーが終わっていることがわかった。

「えっ、どっちが先？」

明石さんが声を上げる。

「ほぼ同時でしたね。でも、回数はわからない」

大日向くんは拾ってきた鞠を抱きかかえている。円の近くでカウントしていた競技委員が本部に戻り、実行委員長に回数を伝える。果たして……。

わたしは無意識のうちに両手を握り合わせていた。

「決勝戦第二試合は、京都大学蹴鞠研究会が四十七回、菅原高校平安部が四十九回で、菅原高校平安部の優勝です！」

実行委員長が言い終わらないうちに藤原先生が両手を広げて飛び出してきた。

「すごい！　みんなすごいよ！」

「先生、まだ挨拶が終わってないのでちょっと待っててください」

「わぁ、そうだった！」

こんなときでも大日向くんは冷静だ。明石さんは安以加を抱き締めている。隣に視線を向けると、光吉さんもこっちを見て「Ｔシャツ作れるね」と親指を立ててくれた。

京大蹴鞠会と向かい合って整列したら、この人たちに勝ったんだって喜びがこみ上げてきた。

「ありがとうございました」

最後のお辞儀をすると、会場からたくさんの拍手が送られる。

「来年も戦おう」

一番左に立つ京大蹴鞠会の主将が宣戦布告してきた。

「受けて立ちます」

その正面に立つ大日向くんはいつになく好戦的な調子で言ったあと、歯を見せて笑った。

「みんなほんとにすごいよ。わたし奉仕活動サボってよかったよ」

藤原先生は涙を拭き拭き言う。

「これ、ちゃんと教頭先生に伝えるからね。なんなら校舎にでっかい垂れ幕張ってもらおうね」

「そうですね、幕さえ用意してくれたらあたしが筆で書きます」

なんだかぽわぽわしていて現実感がない。古都新聞の取材には安以加と大日向くんが主に対応していて、光吉さんと明石さんは「よかったね！」「よかったね！」とひたすら喜んでいる。

表彰式ではおなじみの曲が流れて、大日向くんがトロフィーを、安以加が目録を受け取った。みんなで並んで写真を撮ってもらって、本当に優勝したんだって実感が少しずつ湧いてくる。藤原先生はマスコミや来賓とやり取りしていて、ついてきてもらってよかったと改めて思った。

大会のプログラムを終え、一通りの取材をこなしたわたしたちは白虎高校の案内で移動をはじめた。

「自分ら、ほんまにすごいなぁ」

先頭に立つのは白虎高校二年生の酒井《さかい》さんで、歴史研究部の部長だ。

「京大に勝つなんて相当やで」

もう一人は西垣《にしがき》さんで、去年平安蹴鞠選手権に出ようと言い出した張本人らしい。

「僕たちも多少は練習したんやけど、やっぱりエースがおらんとあかんな」

「そうやな。一人エースがいると、そいつが中心に回るからな」

あまりに大日向くんに頼りすぎていて物言いがつくのではないかとヒヤヒヤしていたけれど、そんなことはなかった。むしろ光吉さんのほうが注目を集めていて、会場にいた女子たちから記念撮影を頼まれていた。

京都府立白虎高校は茶色いモダンな建物だった。田舎で土地が豊富な菅原高校と比べると、運動場が一回り小さい。

案内された歴史研究部の部室は平安部の部室とそう変わりない広さだったけれど、本棚には古びた資料やファイルが詰め込まれている。丸めた模造紙やダンボール箱なども置かれていて、雑多な雰囲気だ。

「あっ、平安京だ！」

安以加が平安京の模型を見つけて喜んでいる。

「京都の人たちって、慣れ親しんだ場所が日本史のテストに出るから楽なんじゃない？」

明石さんの言うとおり、ここに来るまでにも歴史の授業に出てきそうな地名をたくさん見かけた。

「まぁ多少は有利かもしれんけど、京都に住んでても歴史が苦手な人は苦手やで」

酒井さんはそう言いながらテーブルに仏像を並べはじめた。トロフィーぐらいのサイズのものが十体ほどで、まだ彫っている途中のようだ。

「あたし、もっと大きい仏像を想像しちゃった」

安以加が言うので、「わたしも」と相槌を打つ。みんなで大きな仏像を一体彫っているのかと思いきや、個別に仏像を作っているらしい。

「みほちゃんが仏像マニアで、みんなで彫ることになってん」

西垣さんが言うと、みほちゃんと呼ばれた女子部員が仏像を持って話しはじめた。

「それぞれの時代の特徴を反映させて作ってるんです。たとえばこの翻波式衣文《ほんぱしきえもん》は平安時代初期によく見られます」

仏像なんて興味がないと思っていたわたしだけど、みほちゃんの熱っぽい解説には引き込まれた。一体一体、こだわりポイントを教えてくれる。

「時代によってこんなに変わるんだね」

明石さんが感嘆の声を上げると、安以加が「今後、平安部で作ってみてもいいかもしれませんね」と応じた。

わたしたちが仏像についてレクチャーを受けている一方で、光吉さんと大日向くんと藤原先生は別の部員と平安京の模型を見ながら話をしている。

「平安部は蹴鞠終わったら何するん？」

「十月の文化祭で平安パークを作るんです」

酒井さんに尋ねられ、安以加が胸を張って答える。

「蹴鞠も単なるコンテンツのつもりだったんですけど……思いのほか盛り上がってしまって」

一学期、平安部はトランプで親睦を深め、歴史博物館に行き、平安パークの相談をして、安以加の家で習字を習ったわけだが、そのあとはすべて蹴鞠に費やした。平安蹴鞠選手権優勝という成果はおさめたものの、平安パークの具体的な計画はこれからだ。

「菅原高校には歴史研究部はないんですか？」

みほちゃんが痛いところを突いてきた。

「あるんだけど、あたしが平安時代にしか興味がないから、平安部を立ち上げました」

「えっ？　今年できたばっかりってことですか？」

「すごいなー、平安部。鎌倉部とか室町部とかできるんちゃう」

「多様性やな」

わたしと安以加は思わず顔を見合わせた。平安部がこんなふうに肯定的に受け入れられる日がくるなんて。

「そうだ！　平安時代を知るために、京都でここに行っておいたほうがいいって場所ありますか？」

明石さんが尋ねると、三人は顔を見合わせてぶつぶつ相談をはじめた。明日は源氏物語ミュージアムに行くことだけが決まっていて、スケジュールには余裕がある。

「わたしのおすすめは風俗博物館です」

「風俗？」

みほちゃんの発言に、思わず聞き返してしまった。なんだか怪しい名前だ。

「はい。ちょっと変な名前だし、場所もローソンの上で、ちょっと変わってるんですけど……。平安時代を再現したミニチュアがあって、見ごたえがあります」

「俺のおすすめは平安京創生館やな。これもちょっと変わった場所にあるんやけど、平安京について知りたいんやったら行く価値あるよ」

両方とも聞いたことがない、マニアックな場所だ。

「安以加は知ってる？」

「うん、名前は知ってる。でも、ネットで調べてもあんまり情報が出てこなくて……」

「もうちょっと上手にアピールしたらいいと思うんだけど」

わたしたちがそんな話をしていると、藤原先生が「わー！　ぴったり！」と大きな声を上げた。見ると、光吉さんが烏帽子《えぼし》をかぶって、扇を持っている。

「これ、貸してくれるって。光源氏の衣装にちょうどいいんじゃない？」

光吉さんが言う。前に安以加の家で光源氏風の装束は見つけたけれど、何かが足りない気がしていたのだ。

「たぶん何年か前に作ったものだと思うんだけど、使ってないし持ってっていいよ」

「文化祭、写真送ってね」

ほかの部員たちに言われて、安以加は「はい！」と元気よく返答した。


藤原先生が予約してくれたのはビジネスマンの出張向けとおぼしきシングルルームで、ベッドが部屋の大部分を占めている。壁から生えているようなカウンターテーブルに椅子が一脚あって、小さい冷蔵庫と小さいテレビが申し訳程度に置かれていた。

「すごーい、こんな部屋で寝たことない」

安以加が物珍しげに言うが、わたしだってこんなホテルには泊まったことがない。

「個室のほうがいいかなと思って予約したんだけど……ちょっと狭いね」

自ら後悔している様子の藤原先生に、明石さんが「全然大丈夫ですよー」とフォローする。

「大浴場もあっていいですね」

「そうそう、ひなちゃん疲れたよね。お風呂入ってゆっくりしないとね」

「それじゃ、あとは自由行動で。朝八時に朝食会場に集合して、ごはんを食べましょう」

藤原先生に言われて、一同「はーい」と返事する。それぞれの部屋に入ってドアを閉めると、何かのスイッチが切れたみたいに静かになった。

わたしはベッドに寝そべり、スマホで「平安蹴鞠選手権」を検索した。まだ何も上がっていないと思いきや、古都新聞の「平安蹴鞠選手権2024.in京都、菅原高校平安部が初優勝」の見出しが表示される。

開いてみると、競技中の写真が表示された。大日向くんが鞠を蹴り上げていて、隣の安以加は不安げな顔で鞠を見上げている。光吉さんは横顔、明石さんは後ろ姿が写っていて、わたしはぎりぎり入っていない。

「なんで……」

たまたまだとわかっていても、仲間はずれにされたみたいな気分になる。

思えば、平安部の中でもわたしが一番キャラが薄いのだ。安以加は部長、大日向くんは蹴鞠のエース、明石さんはコミュ力が高いお姉さん的存在だし、光吉さんはいるだけで目立つ。わたしなんて安以加と同じクラスというだけで選ばれたようなものだ。

でも、平安部の存在を認めていなかったのはお互い様かもしれない。家族にも平安部って言ってないし、中学時代の友だちと会ったときにも部活を聞かれてごまかしてしまった。もっと胸を張って「平安部です」って答えるべきだったのだ。

自分が嫌になって、枕に顔を埋《うず》める。

もっと平安部に必要とされたい。でもどうしたらいい？

右手に握ったままのスマホが震えたので見てみると、安以加から〝今から行っていい？〟とＬＩＮＥが来ていた。反射的に〝いいよ〟と返信して、身体を起こす。

ほどなくして部屋のチャイムが鳴ったので、ドアを開けて安以加を迎え入れた。

「一人でいたら寂しくなっちゃって。ちょっと話そうよ」

安以加が椅子に座って、わたしはベッドに腰かける。

「蹴鞠選手権のこと、もうネットニュースになってたよ」

「えっ、もう？」

わたしは古都新聞のニュースを見せた。

「わー、すごい！」

「わたしが写ってなくて」

思わず愚痴を漏らすと、安以加が「わっ、ほんとだ」と驚いたように言う。

「でもちゃんと五人のチームって書いてあるから大丈夫。写ってなくても、栞ちゃんの存在は感じられるよ」

「安以加はいいよね、部長だから」

励ましてくれた安以加にひどいことを言っている自覚はあるけれど、止められなかった。

「わたし、ただ人数合わせのために平安部にいる気がしてて……」

「そんなわけないじゃん」

安以加がキレ気味に叫んだ。

「栞ちゃんがいてくれて、あたしすっごく心強いんだよ。誰が欠けても平安部は成立しないんだから」

「でも、なんていうか……わたしだけ存在感が薄いというか……」

「ていうかほかの人たちが存在感ありすぎなんだよ！」

なぜかまだキレ気味である。

「全員が存在感を主張しなくてもいいんだよ。あたしだってたまたま部長なだけで、いる意味ある？　って思うときあるもん。栞ちゃんが平安部全体を見てくれてるの、あたしはちゃんとわかってるから」

わたしは照れくさくなって両手で顔を覆った。

「あたしも蹴鞠で優勝するなんて思ってなかったから、戸惑ってる。平安の心を学ぶはずが、運動部みたいになっちゃって。だからといって蹴鞠をやめましょうっていう選択肢はなかったでしょ？　これからどうなるんだろうって、楽しみな気持ちと不安な気持ちが両方あるよ」

安以加の心の内を聞いて、気持ちが落ち着いていくのがわかる。

「ありがとう。安以加の気持ちが聞けてよかった」

「あたしこそ、琹ちゃんがそんなふうに思ってるなんて知らなかった」

突然、わたしと安以加のスマホがぶうぶう鳴りはじめた。見てみると、ＬＩＮＥに藤原先生からの写真や動画が続々と送られてきている。

「怒濤《どとう》の勢いじゃん」

「先生、アルバム機能知らないのかな」

わたしたちは声をそろえて笑った。

「この集合写真、すごくいいね」

安以加が画面をわたしに見せる。閉会式のあとに撮った一枚で、向かって左側でわたしと安以加がピースして、トロフィーを持った大日向くんが真ん中にいて、その隣に指でハートをつくる光吉さん、右端に両手を広げた明石さんがいる。

やっぱりわたしも平安部の一員なんだ。そう思ったら目の奥が熱くなってきた。

「二学期もがんばろうね」

わたしが言うと、安以加が「がんばろう！」と笑った。

第五章

きっとうまくいくよ

「祝　平安蹴鞠選手権２０２４in京都　優勝　平安部」

校舎の壁面に掲げられた垂れ幕を信じられない思いでながめる。あの暑い日の出来事は夢じゃなかった。

「栞ちゃん、おはよう」

わたしが立ち止まっていたら、明石さんがやってきた。

「すごいよね、この垂れ幕！」

明石さんがスマホでパシャパシャ撮りはじめる。安以加は幕さえ用意してくれたら自分で書きますと言っていたけれど、合唱部や陸上部の垂れ幕と同じ、ちゃんと印刷したものを作ってもらえた。

「あたしも入れてー！」

ちょうど登校してきた安以加も駆け寄ってきて、三人で垂れ幕を背に自撮りした。

「きのう、安以加ちゃんが表彰されてるの見て涙が出てきちゃった」

「そうですよね。わたしもじーんとしました」

始業式では夏休みに活躍した部活が校長から表彰された。平安部の代表でステージに上がったのは安以加と大日向くんで、わたしは誇らしい気持ちで二人を見上げていた。

「サッカー部の八木くんも『おめでとう』って言ってくれました」

「うれしいね〜。うろこぐまさんもイラスト上げてくれてたよ。見た？」

「えぇっ」

明石さんが見せてくれたXの画面には、「祝・菅原高校平安部！」の文字と、二本足のクマ二頭が蹴鞠をやっているイラストが表示されている。

「ネットニュースに載るってすごいんですね……」

感嘆の声が口から出る。うろこぐまさんの投稿には「蹴鞠選手権なんてあるんだ」とか「平安部？」といった反応が寄せられていた。

「ニュースといえば、新聞部が平安部を取材したいそうで、今度の部活の時間に来ることになりました」

安以加の報告に、明石さんが「わぁっ！」と声を上げる。

「こんなことになるなんて思ってなかった」

わたしがつぶやくように言うと、安以加が「あはれなりー」と垂れ幕に目をやる。四月に結成したときには想像できなかったことが起こりはじめている。もちろんうれしいんだけど、どこかに落とし穴があるんじゃないかってヒヤヒヤする。

次の月曜日、平安部の部室に新聞部の女子二人がやってきた。二人とも二年生で、松崎《まつざき》さんと太田《おおた》さんというらしい。わたしたち平安部の五人と新聞部の二人は机を挟んで向かい合う形で座った。

「スマホで録音させてもらいますね」

「ときどき写真撮りますけど、自然にしゃべっていてください」

太田さんは一眼レフカメラを構える。思ったより本格的な取材で、ドキドキしてきた。

「申し訳ないんですけど、わたしたち平安部があることを知らなくて、蹴鞠選手権のネットニュースで知ったんです」

「初出場で初優勝ってすごいですよね！」

二人とも平安部に対して好意的なムードで話してくれて、緊張が緩む。

「まずは、平安部を作ったきっかけを聞かせてもらっていいですか？」

松崎さんの質問に、安以加が口をひらく。

「はい、あたしが小さい頃から平安時代に憧れていて、平安の心を学ぶ部を作りたいって思ったんです」

「『平安の心を学ぶ』、なるほどですね」

今までだったら「平安の心を学ぶ」と答えた瞬間、質問者の頭の上に「？」マークが見えていた。こんなふうに受け入れられるようになったのも、蹴鞠選手権で優勝して箔《はく》が付いたからだろう。

「メンバーはどうやって集めたんですか？」

太田さんがわたしたちの顔を見渡しながら聞く。女子三人に、男子二人。学年も二年生が二人、一年生が三人と、バラバラだ。

「まず、あたしが同じクラスの栞ちゃんを誘ったのがはじまりです。同じクラスの男子の紹介で大日向くんが、百人一首部の先輩の紹介で明石さんが入ることになって……」

安以加が答えに詰まると、光吉さんが「俺は小学生の頃に安以加のじいちゃんの書道教室に通っていた縁で入りました」と説明する。

「平安部では最初から蹴鞠をやるつもりだったんですか？」

松崎さんが尋ねる。

「いえ、全然そんなことなくて……まずは雲中供養菩薩トランプで親睦を深めました」

安以加が菩薩トランプを机に広げて見せた。はじめての部活のときにみんなで神経衰弱をしたのが懐かしい。新聞部の二人はさまざまなポーズをした雲中供養菩薩を前に「すごいですね」と笑う。

「こういうのがあるんですね」

「なんだかちょっとかわいいかも」

太田さんがカメラでトランプを撮影した。

「その後、文化祭で平安パークを作ろうという目標が決まりました」

「平安パーク？」

二人の声がそろった。

「教室に平安時代を再現したテーマパークを作るんです」

「へぇ〜。去年の文化祭で歴史研究部が弥生時代体験をやってましたけど、あんな感じですか?」

松崎さんの口から出てきた歴史研究部の名前に、胸がちくっと痛む。

「ちょっと似てますが、もっとエンタメ的に平安時代を体感できるテーマパークをイメージしています」

去年の様子を知らない安以加に代わって、明石さんが答えはじめる。

「歴史研究部はわりとガチな感じなんですけど、平安部は研究というより『平安の心を学ぶ』なので、来てくれた人がひとときでも平安時代を感じてくれたらいいなって思ってるんです。内容の大枠は決まってますが、細かいところはこれから準備をしながら詰めていきます」

明石さんの淀《よど》みない説明を聞いていたら、もともと崇高な志を持っていたような気がしてきた。

「その平安パークでどんなことをするか考えている中で蹴鞠が出てきて、サッカー経験者の大日向くんがみんなでやろうって言ってくれたんです」

安以加が言うと、新聞部の二人ははじめて大日向くんの存在に気付いたかのように視線を移した。大日向くんは「はい」と返事して、ぽつりぽつりと語りだす。

「僕は小学校の頃からサッカーチームに入っていたんですけど、全然うまくならなくて、いつも補欠だったんです。だから中学で終わりにしようって決めて、高校では楽な部活がいいなと思って平安部に入りました」

すでに聞いていた話だったけれど、蹴鞠のエースになった大日向くんから改めて語られると不思議な気持ちになる。

「正直平安時代にはまったく興味がなかったんですけど、蹴鞠のルールを知ったときにちょっと面白そうだなって思いました。リフティングだけは自信があったので、みんなを誘ってやってみたら、予想以上に楽しかったんです」

思わぬ心の内が聞けて、「そうだったんだ」と声が出た。

「練習していくうちにみんなもどんどん上達するのがわかって、教えがいがありました。サッカーでは全然活躍できなかったのに、こんなふうに活かせる場所があったんだって、自分でもびっくりしてます」

「そうそう、ひなちゃんの活躍、すごかったんだよ」

光吉さんがスマホを操作して、新聞部の二人に見せた。

「これが試合のときの動画」

撮影している藤原先生の「わー」とか「きゃー」とかいう声が入ってしまっているけれど、平安部の奮闘ぶりがわかる貴重な資料だ。

「えっ、こんなに続くんですか」

「へぇ〜、面白いですね」

新聞部の二人は真剣に画面を見ている。最後は藤原先生の「ぎゃー」の声で鞠が地についたことがわかる。

「これ、実際に見ないと面白さがわからないですね」

「ほんとに、こんな白熱した雰囲気だとは思いませんでした」

その後も蹴鞠についての質問に答えていった。

「ありがとうございます。それでは、今後の目標を聞かせてもらえますか？」

「まずは十月の文化祭で、平安パークを成功させたいと思っています。少しでも興味のある人にはぜひ来てほしいです」

安以加がそつなく答える。

「蹴鞠以外にはどんなことするか決まってるんですか？」

「俺は光源氏のコスプレをするよ」

光吉さんが言うと、新聞部の二人が身を乗り出した。

「それは人が集まりそうですね」

「記事にも書かせてもらいますね」

最後に五人並んだ写真を撮って、二人は去っていった。

「すごいねー、新聞部まで来ちゃうんだ」

明石さんが言うように、平安部がようやく認められた感じがする。これまでだって文芸部のOGや、京都の白虎高校の生徒とは交流してきたけれど、同じ菅原高校の生徒から平安部に関心を持ってもらえたのがうれしかった。

「平安部、売れたね〜」

光吉さんもご満悦の様子だ。

「でもちょっとプレッシャーかも」

安以加の発言に、「わかる」と相槌を打つ。これまでの平安部なら、誰からも注目されていなかったから好き勝手できた。蹴鞠で優勝した平安部として学校中に知られた以上、ちゃんとしたものを作らないとならない。

「大丈夫大丈夫、俺がいるから」

光吉さんがふざけた調子で言うと、明石さんは「あはははは」と豪快に笑う。この二人の楽観ぶりに何度も救われてきた。

「大日向くんは夏休み何して過ごしてたの？」

明石さんが話しかける。

「僕は週五でバイトしてました。家のエアコンは効きが悪いので、店にいたほうが快適でした」

「今年の夏、暑かったもんね」

なんだか毎年同じようなことを言っている気がする。母親が「わたしが子どもの頃はこんなに暑くなかったんだけど」というのもお約束だ。

「ほんとですね。平安時代はエアコンもないのにどうしてたんだろう」

わたしが疑問を口にすると、安以加が「普通に暑かったみたいよ」と言う。

「今みたいにちゃんとした住居じゃないから、風通しはよかったたって言われてるけど、それでも暑かっただろうね」

平安時代に生まれていた自分を想像する。寝殿造の宮廷にいるところを想像したけれど、よく考えたらそんな貴族に生まれるとは思えないし、このあたりで海水から塩を作って生きていたんじゃないかと思う。

「安以加ちゃんの家、広いから冷房代すごそう」

「そうなんですよ。でもおじいちゃんは『熱中症で死ぬよりマシだ』って言って、家じゅうガンガン冷房かけてます」

「さすが」

鷲嶺さんはＬＩＮＥで最新情報を発信しているだけあって、暑さに対する向き合い方も令和らしくアップデートできているらしい。

「そうそう、このまえ安以加の家に行ったけど、たしかに寒いぐらいだった」

光吉さんがさらっと言う。

「えっ、行ったんだ?」

明石さんも驚いている。なんだろう、全然構わないのだけど、わたしたちが知らないところで安以加と光吉さんが会っていたと思うと変にドキドキしてしまう。

「そうそう、夏の体験教室に来てくれたんだよね。おじいちゃんも喜んでたよ」

わたしも平尾書道教室のＬＩＮＥアカウントを友だち登録していて、夏のトライアルコースのお知らせも届いていた。だけど自分とは関係ない気がして、スルーしてしまったのだ。

「そっかー、わたしも行けばよかったな」

明石さんが残念そうに言う。

「強制されてないと逆に書きたくなるってありますよね。僕も弟が宿題の習字をやっていたので、何枚か書かせてもらいました」

「そんなふうに書を身近に感じてくれると、あたしもうれしいな」

大日向くんの言葉に喜ぶ安以加を見て、アイデアが浮かんできた。

「平安パーク、習字体験コーナーも作る？」

「いいね！　でも、スペースが足りるかな……」

今まで出てきたアイデアを全部実現しようと思ったら、それこそ体育館ぐらいのスペースが要るだろう。

「蹴鞠体験も、実際の試合形式でやるのは難しいかもね」

明石さんが言う。前は軽い気持ちで蹴鞠体験コーナーを作ろうと話していたけれど、実際にやってみて、広い場所じゃないと無理だとわかった。

「僕もそう思います。無理にやらなくていいですよ」

大日向くんが飄々《ひょうひょう》と言う。

「そういえば、木曜日の部長会で文化祭の部屋割りを決めるんです」

「うちの部は普通の教室って言ってたよね？」

わたしが尋ねると、安以加がうなずく。

「普通の教室なんだけど、特別講義室の抽選には参加できるんだって」

「思い出した。去年俺が入ってた物理部は特別講義室を狙ってたけど、くじに負けて普通の教室になったって言ってた」

光吉さんが証言する。特別講義室は三階と四階に一つずつある部屋で、通常の教室より一・五倍ぐらい広い。

「たしかに特別講義室が使えれば、平安パークの幅が広がりますね」

大日向くんが言う。

「でもあたし、くじ運には自信がないので期待しないでください」

急に安以加が弱気になった。

「大丈夫！　誰が引いてもくじの確率は一緒だから」

くじ運なんて存在しない。ついでにいえば最初に引いても最後に引いても当たる確率は同じ。くじを引く順番で揉めているのを見るとイライラしてしまう。

「普通の教室でもできることはたくさんあるから大丈夫だよ」

明石さんの励まし方を見て、そっちのほうがいいなと反省する。

「蹴鞠大会で一番いい鞠を引き当てた平安部だから、きっと当たるよ」

光吉さんがポジティブに言って、大日向くんが「円陣組みましょう」と提案する。わたしたちは立ち上がって空きスペースに集まり、肩を組んだ。

「それいけ！」

「平安部！」

蹴鞠大会のときに即席で考えた掛け声とは思えないほどしっくりきていて、このメンバーで去年から平安部をやっていたような気がする。

「特別講義室、当たる気がしてきました！」

安以加が両手で握りこぶしを作って言う。円陣を組んでも組まなくても確率は一緒なんだけど、野暮なことは言わない。あとは天命を待つばかりだ。


木曜日の夕方、家で宿題をやっていると平安部のＬＩＮＥグループにメッセージが届いた。

〝文化祭、四階の特別講義室が当たりました！〟

飛び跳ねて喜ぶ安以加が見えるようで、わたしは「いいね！」のスタンプで応じた。次いで明石さんの〝おめでとう！〟のメッセージが入り、夜になってから男子二人も喜びを表すスタンプを送っていた。

翌朝、教室で会うなり安以加が興奮気味に話しかけてきた。

「特別講義室の希望を出したのは七つの部で、紙のくじを引いたんだけど、当たりって書いてあったときにはうれしくてガッツポーズしちゃった」

当たりの確率は七分の二。それを引き当てたのはめでたい。

「ちなみにもう一つの当たりは？」

「歴史研究部だよ。二年連続で当たったんだって」

「不正かな」

思わず毒を吐いてしまったが、二年連続で当たるのも確率的には不思議じゃない。

「あはは、でもあたしたちも当たったしいいかなって」

歴史研究部部長の原涼子が高笑いしている様子が思い浮かぶ。

「楽しみだな～、平安パーク」

安以加はすっかり文化祭に心を持っていかれているようだけど、具体的な装飾までは全然決まっていない。本番まであと一か月半、どこまで詰められるだろうか。


平安部の活動日は月曜日だけど、九月は祝日で二回つぶれてしまうので、火曜日に振り替えて集まることになった。平安パークの具体的な内容を話し合っていたところへ、思わぬお客さんがやってきた。

「こんにちは、演劇部です。お願いがあって来ました」

女子四人が礼儀正しく頭を下げる。

「なんでしょうか?」

安以加が立ち上がって首を傾げる。

「単刀直入に申し上げますと、光吉幸太郎くんを貸していただきたいのです」

部屋にいた全員の視線が光吉さんに集まる。

「えっ、俺？」

光吉さんは大げさに自分の顔を指さす。

「文化祭で上演するわたしたちの作品に、どうしてもイケメンが必要なんです」

黒縁のメガネをかけた女子が熱っぽく訴えた。

「えっと、わたしが部長の澤井《さわい》で、こっちは脚本の加藤《かとう》です。毎年演劇部では当て書きのオリジナル作品を上演しているのですが、いまいちパッとしなくてですね……」

「そこで、ほんの少しでいいので、光吉くんに出演していただけないかと」

しれっとひどいことを言っている気がするが大丈夫だろうか。

「俺はいいけど」

光吉さんは断らないだろうなという確信がある。選択肢があったら、自然と相手に好かれるほうを選ぶ人なのだ。

「でも、平安パークに幸太郎、じゃない、光吉さんがいないと……」

安以加が眉をひそめる。

「平安部の活動にご迷惑がかからないよう、出番は五分以内に収めます！」

「なんなら演劇部ができる限り平安部の宣伝をします！」

明石さんは「光吉くんがお芝居してるところ、ちょっと見たいかも」と賛成に傾いている。

わたしも見たい気持ちはあるけれど、平安部の大事な人材を横取りされるような、面白くない気持ちもある。

「演劇部に男子はいないんですか？」

安以加が尋ねると、演劇部の女子四人が顔を見合わせる。

「いることはいるんですけど……光吉くんとは役どころが違うというか……」

まぁそうだろう、光吉さんが一人いたら王子様でもアイドルでもホストでも説得力を持たせられる。

「いいんじゃないですか？　光吉さんの光源氏フォトスポットだって、全部の時間でやるわけじゃないでしょう。少しの間、演劇部に行っても問題ないと思います」

大日向くんが冷静に言うと、演劇部の女子が「光源氏？」と声をそろえる。

「わたしも、光源氏をやってもらおうと思ってたんです」

脚本の加藤さんが感激した様子で口を押さえる。なんでも、古典の教科書に載っている作者や登場人物が入り乱れる群像劇を考えているらしい。紫式部《むらさきしきぶ》や清少納言《せいしょうなごん》をはじめ、紀貫《きのつら》之《ゆき》に菅原孝標女《すがわらのたかすえのむすめ》、さらには紫の上やかぐや姫などが出てくるという。

「光源氏はかぐや姫の代わりに月に行って退場です。なので、出番は少しで済みます」

安以加は「どんなお話なの」と不審がっているが、明石さんは大笑いしているし、わたしもちょっと面白そうだと思ってしまった。

「同じ衣装でいけるからいいんじゃない？　平安パークの宣伝にもぴったりだよ」

明石さんが言うと、不満げだった安以加も「そうですね」と認める。

「でも俺アホだから長いセリフは覚えられないよ」

「なんとかします！」

脚本ができたら見せますと宣言し、演劇部は去っていった。

「さっき大日向くんが言ってたとおり、光源氏フォトスポットは時間を区切ってやったほうがいいね。ずっと撮られてばっかりじゃさすがの光吉くんも大変でしょ」

「それはそうかも」

菅原高校の文化祭は十月二十六日土曜日に行われる。午前中は開会式からの内部公開で、午後は一般公開だ。

「あっ、蹴鞠の公式球、借りられることになりました」

大日向くんがスマホを見て言うと、光吉さんが「返事早っ」と突っ込む。演劇部が来る前に、蹴鞠選手権の運営者から公式球が借りられないかと話していたのだ。本格的な蹴鞠をやるにはスペースが足りないけれど、公式球に触ったり軽く蹴ったりするぐらいならなんとかなりそうだということで、大日向くんが依頼のメールを送っていた。

「蹴鞠の普及に努めてくださりありがたいです。喜んでお貸しします、とのことです」

おそらく喜びに満ちている文面を、大日向くんが感情を込めず淡々と読み上げる。

「いいねいいね！」

安以加が黒板に書かれた「・蹴鞠の公式球の展示？」の「？」を消して、「・」の上から花丸を描いた。現時点でほかに花丸がついているのは、「光源氏フォトスポット」、「札遊び（偏つぎ＆菩薩トランプ＆百人一首）」、「書道体験」だ。書道コーナーは鷲嶺さんが乗り気になって、出張教室をしてくれるらしい。

ほかにはこれまでに話が出た「・平安時代のおしゃれのコーナー?」「・和歌をつくるコーナー?」「・平安時代を体験できる秘密基地?」の項目が並んでいる。

「もうひとつは栞ちゃんが決めたらいいよ」

安以加が黒板を見て言う。たしかに、フォトスポットは光吉さん、札遊びは明石さん、書道体験は安以加、蹴鞠は大日向くんと、自然と担当者が決まっているかのようだ。だったら、わたしが一番やってみたいことを選ばせてもらおう。

「それじゃ、秘密基地にする」

平安パークの中でも一番曖昧で一番重要かもしれない秘密基地。ほかのコンテンツと比べて難易度が高そうだけど、言い出したのはわたしだ。

夏休みに行った京都の源氏物語ミュージアムでは、御簾のかかった部屋で向かい合う平安貴族の等身大模型があった。薄暗い展示室の中でライトアップされていて、平安時代は決してこんなに明るくなかっただろうと思いつつ、平安貴族はこんなふうに遊んでいたのだろうと感じられた。

「みんなにとって秘密基地ってどんなイメージですか?」

わたしが問いかけると、「狭い」とか「暗い」とかいう答えが返ってくる。教室全体を暗くするのは難しそうだけど、一部分だったらなんとかなるかもしれない。

「テントって誰か持ってます?」

「うーん、うちの蔵にもテントはないかも」

「子どものころ家族で使ってたテントがあるんだけど、まだあるかどうか……ちょっと母親に聞いてみる」

大日向くんがスマホを操作しはじめた。

「もしテントがなければダンボールで作るとかでしょうか」

「どれぐらいダンボール要るんだろうね」

「スーパーでもらってくる?」

わたしたちが話していると、大日向くんのスマホが震える気配があった。

「あっ、うちにまだあるって。そんなに大きくないけど大丈夫?　って」

「ひなちゃんが連絡する相手ってなんでみんな即レスなの」

光吉さんがツッコミを入れる。

「どれぐらいの大きさ?」

「一応キャンプで家族四人では寝られたと思う。僕も弟もまだ小さかったから、大人だったらもっと狭いかもしれないけど……」

わたしの家はキャンプなんて行かない家だったから、どんな感じか想像できない。でもある程度狭いほうが秘密基地っぽさはある。

「寝るわけじゃないし、それぐらいあれば大丈夫じゃない?」

安以加が言う。

「うん。とりあえず来週持ってくるよ。でも、遮光じゃなかったから何かで覆う必要があると思う」

「あっ、うちに使ってない遮光カーテンあるかも」

今度は明石さんが提案してくれた。みんなが秘密基地を作るために知恵を絞ってくれているのがうれしい。

「お香を焚いたり雅楽をかけたりして、五感で楽しめるといいですよね」

安以加が付け加えて、ますます具体性が増していく。狭くて暗い平安時代の夜。電気なんてないから、きっと少しの明かりもまぶしい。

「そうだ、月！」

平安部で行った歴史博物館の帰り道を思い出した。みんなと解散して一人になった後、空に浮かぶ月がいつもよりまぶしく感じられたのだ。

「月明かりがあるといいと思うんです」

わたしが言葉を足すと、明石さんがうなずく。

「うんうん。『月見ればちぢにものこそ悲しけれ　わが身一つの秋にはあらねど』も平安時代の歌だし、ぴったりだね」

「俺もかぐや姫の代わりに月に行くらしいし」

「あなや！　赤染衛門の歌にも『月』が出てくる！」

「そうなの？」

安以加がわたしに似ていると主張する赤染衛門だが、その歌は「やすらはで」までしか知らなかった。

「『やすらはで寝なましものをさよふけて　かたぶくまでの月を見しかな』だよ。通ってこない男の人への苦情だね」

明石さんがさらっと解説する。どうやらここでの「月」はあんまりいい意味ではないらしい。

「こういう月の形のライトがあるみたいです」

大日向くんが差し出したスマホの画面には、月を模した球状のライトが多数表示されていた。

「賞金で買えばいいよ」

安以加に言われて思い出したが、平安部には蹴鞠大会の賞金五万円があるのだった。

「うんうん。これは買ったほうがいいと思う」

わたしも自分のスマホで検索してみた。月のクレーター模様が入っているものや、天井から吊《つ》るすもの、台座から浮いて見えるものなど種類がある。

「あんまり明るすぎないほうがいいね」

「近くにコンセントあるかわからないし、電池タイプか充電タイプがいいかもしれません」

五人で話し合い、ハンドボールぐらいの大きさの三千円のライトに決めた。

「あと、Tシャツも作るんじゃなかった?」

光吉さんに言われて、そうだったと思い出す。五人がおそろいのTシャツを着ているところを思い浮かべたら、それだけで最強軍団になれそうな気がした。

「安以加ちゃんが『平安部』って書いたのをプリントするとか？」

「はい、書きます！　ベースは何色がいいですか？」

参考に好きな色を言っていったところ、安以加は白、わたしは紺、明石さんはピンク、大日向くんは黒、光吉さんは赤と、見事にバラバラだった。

「平安時代は紫が一番高貴な色だったんですけど……京大蹴鞠会とかぶっちゃいますね」

「色はバラバラでもよくないですか？」

大日向くんに言われて、その発想はなかったなと思う。

「なんだか、そっちのほうが平安部らしい気がして」

「いみじ！　デザイン、考えてみるね」

平安パークの準備が着々と進んでいくのを感じる。

「ほかにも必要なものが出てくるかもしれないし、来週もう一度安以加の家に行って借りるものをチェックするのはどうでしょう」

わたしが言うと、明石さんが「そうだね、必要なものは少しずつ運び出したほうがいいかも」と同意する。

「もし必要なら、荷車もあります！」

張り切る安以加だが、平尾書道教室から学校までは三キロある。荷車で運ぶのは大変だろう。

「うちの母ちゃんに頼んで車出してもらおうか？」

「母ちゃん？」

光吉さんの提案に、明石さんが素早く突っ込む。

「迷惑じゃない？」

安以加が申し訳なさそうに尋ねると、「大丈夫大丈夫、近所でも有名な世話焼きおばちゃんだから」と答える。それが本当なら、光吉さんのサービス精神は母親譲りなのかもしれない。

「光吉さんのお母さん、安以加は会ったことあるの？」

わたしが尋ねると、安以加は一瞬の間をおいて「小さい頃にね」と答える。

「そうそう。母ちゃんは安以加のこと覚えてて、蹴鞠大会の写真見て『懐かしい〜』って言ってたよ」

光吉さんが親にも平安部のことを話してるんだと思ったら不思議な気持ちになった。わたしはまだ歴史を勉強する部としか言えてなくて、京都に行ったのも部活の合宿とだけ伝えていた。

「大日向くんも、蹴鞠大会のこと家族に話した？」

「うん。母は『よかったねぇ』って喜んでくれてたし、弟も『すげえ』って言ってた」

「うちの親も喜んで、わたしたちが載った古都新聞をわざわざ京都から取り寄せてたよ」

明石さんの証言で、家族に平安部のことを話してないのがわたしだけだと確定した。

「えっ、取り寄せられるんだ？」

「スキャンしたのがあるから共有するよ」

平安部のＬＩＮＥグループに古都新聞の記事の画像がアップされる。新聞の限られた紙面に収められた記事は、Ｗｅｂで見るのとはまた違った雰囲気があった。

「わたし、実はまだ家族に平安部のこと言えてなくて」

「えっ、そうなの？」

安以加が驚いた声を上げる。

「でも、今日、言おうと思う」

「なんで？　反対されてたとか？」

明石さんが心配そうに尋ねるので、わたしは首を横に振った。

「歴史を勉強する部とは言っていたんですけど、平安部ってことはなんとなく言いそびれてたんです。でも、この記事を改めて見て、伝えないともったいないなって思って」

もともと母とは感覚が合わない。一緒にお笑い番組を見ていても全然違うところで笑う。平安部のことを話しても、馬鹿にされるんじゃないかと不安だった。

「栞ちゃんの家族も文化祭来れそう？」

「まだ確認してないけど、来るんだったら母と妹かな」

「うちの両親も見にくるって言ってたよ。平安部って面白いって思ってもらえるようなものを作りたいよね」

明石さんが言う。

「いいね、その目標」

光吉さんが褒めるとおり、「平安部って面白い」はしっくりくる。たとえばこれが「平安部ってすごい」だと重いけれど、ほかの部にない面白さなら目指せる気がした。


その日わたしは晩ごはんのテーブルで、文化祭について切り出した。

「文化祭、見にくる?」

妹の泉はお茶碗《ちゃわん》を片手に「行きたーい!」と即答した。

「文化祭行ったことないから気になる」

泉の言うとおりで、実はわたしも文化祭ははじめてだ。通っていた中学に文化祭はなかったし、近所の高校の文化祭に行くような興味もなかった。

「そうね、泉と一緒に見にいくよ」

母は味噌汁《みそしる》に入った油揚げを口に運んでいる。

「お姉ちゃんは何やるの?」

泉のピンポイントな質問に、わたしは息を吸い込んで答えた。

「平安パークだよ」

どんなリアクションが返ってくるかドキドキしていたのに、二人のリアクションは「へぇ

〜」だけだった。

「模擬店もあるのかな?」

「公立だしそこまで派手じゃないかもね」

それどころか平安パークには興味を示さず、文化祭のほかの部分についての会話をはじめている。

「平安パークでは、すごいイケメンの光源氏と写真が撮れるの」

二人の気を引くため光吉さんの存在をちらつかせると、泉が「そんなこと言ってたいしたイケメンじゃないんでしょ」と笑う。いやいやたいしたイケメンなんだけどな。スマホに入った写真を見せれば一発で伝わるけれど、当日のお楽しみにするべく見せないことにしよう。

「今どきローラースケート?」

母の反応で、平安時代であることがあんまり伝わっていないのだと気付く。

「その光GENJIじゃなくて、源氏物語の光源氏だよ。わたしたち、平安時代を体験できるテーマパークを作るの」

「そうなんだ」

もうちょっと食いついてくれてもいいんじゃないかと思ったけれど、平安時代に興味がなければこんなものかもしれない。わたしだって、はじめて安以加に誘われたときは意味がわからなかった。いつの間にか平安レベルがますます上がり、平安時代に愛着を持ちはじめているようだ。

「だから、平安時代に興味のない人はこんなものなんだって思ったんです」

平安部のみんなと安以加の家に向かって歩きながら、わたしの家であったことを話した。

「すごいね！　栞ちゃんもばっちり平安の心を学んでくれたんだね」

安以加はうれしそうだ。

「たしかに僕も家では蹴鞠部だと思われてるっぽいです」

大日向くんが言う。

「蹴鞠も、やってみて気付いたことがたくさんあったなぁ。平安時代ってあんまり娯楽がなかったから、蹴鞠が上達する楽しみがすごく大きかったんだと思ったし、競わないから仲良くなれるよね」

「ほんとほんと。蹴鞠をやって、平安の心がまたひとつわかりましたよね」

明石さんの発言に、安以加が深い共感を示した。

「俺も、はじめて仲間ができた気がする」

さらっと重大なことを言う光吉さんに、安以加が「あたしもそうかも」と同意する。

そういえば、以前は二人の仲に注目していたわたしだけど、いつのまにか気にしなくなっていた。五人で一チームという感覚が強くなったからかもしれない。

平安部について語り合ううちに安以加の家に着いた。最初に来たときには圧倒されたけれど、二回目ともなると親しみを感じる。

鷲嶺さんに蔵を開けてもらい、平安パークで使えそうなものを物色しはじめた。

「この畳は札遊びコーナーで使わせてもらっていいかな」

「そうですね。秘密基地にはござを敷きましょうか」

大日向くんが持ってきてくれたテントは大人四人がギリギリ寝られるような大きさだけど、四～五人が入って座る分には問題なさそうだった。

「これ、公式球を展示するのによさそう」

大日向くんが発掘したのは月見だんごを載せるような木の台だった。

「三方《さんぽう》ね。昔は身分の高い人に物を献上するための台だったらしいよ」

安以加が言う。公式球が三方にうやうやしく載せられているところを想像すると、なんともシュールだ。

「そうだ！　おじいちゃん、屛風《びょうぶ》なかったっけ？」

「おお、あったあった」

鷲嶺さんがふすまや畳が立てかけてある一角から、大きな板を引っ張り出す。光吉さんと大日向くんが手伝いながら広げると、年季の入っていそうな枯山水風の絵柄が現れた。

「えぇっ、これ、めちゃくちゃ貴重なものじゃないですか？」

明石さんが驚きの声を上げる。

「一度鑑定してもらったのだが、たいしたものではないらしい。昭和初期のものでそれほど古くないし、傷みもあって、売ったとしても五万円と言われた」

これだけ大きいものは捨てるのにもお金がかかるだろうし、五万円で買い取ってもらえるなら十分すごい気がする。

「これを運ぶには車が必要そうだけど……幸太郎のお母さんにお願いしても大丈夫？」

「うん。この前聞いてみたら、全然大丈夫って言ってた。結構でかい車だから、屏風と畳も運べると思うよ」

その後も蔵を探った結果、御簾のように使えそうなすだれや、札遊びコーナーに追加できそうな貝合わせセット、香りを焚きしめるための香炉が見つかった。

「やっぱり、具体的な展示内容を決めてから来ると必要なものがはっきりするね」

明石さんが言うとおり、前回来たときにはスルーしていたものが目に入る。

「あたしも、うちの蔵にこんな役立つものがあるなんて思ってなかったよ」

安以加が蔵の中を見渡しながらしみじみ言った。


文化祭に使うものをまとめ終わり、門の前で解散した。

「九月になると暗くなるのが早いね」

前回同様、わたしと明石さんは二人で菅原高校方面へと帰る。夏は六時を過ぎても昼間みたいに明るかったのに、今はもう暗い。

「平安時代と比べたら全然明るいんでしょうね」

こうして田舎の道を歩いていても街灯があるし、民家の窓から漏れる光や車のライトで十分明るい。

「文化祭がますます楽しみになってきたよ」

菅原高校文化祭では文化部が出し物、運動部が模擬店をやるのが基本だ。全員が部に入っているから、すべての生徒が何かしらの持ち場につく。

「去年はどうしてたんですか？」

幽霊部員だった明石さんが何をしていたのか気になって、単刀直入に聞いてみた。

「本部の装飾係になって入場ゲートを作ったんだ。当日も本部受付のお手伝いをして、空き時間はクラスの友だちと校内展示を回ったんだけど……百人一首部のところには近寄れなかったな」

「今年は行ってもいいんじゃないですか？」

明石さんは少しの間をおいて「うん、そうだね」と答えた。

わたしもちょっとだけ百人一首に興味が出てきた。「月」と聞いてすっと歌が出てくる明石さんと安以加がかっこいいと思ったのだ。

そういえば、今日の月はどんな月だろう。空を見上げてきょろきょろすると、背後に半月ぐらいの月が見えた。

「月が見えました」

わたしが指さすと、明石さんも振り返って「ほんとだ」と言う。

「意識しないと見ないもんだね」

暗くなった空に白く光る月は思った以上に存在感があって、月を詠みたくなる平安貴族の気持ちがわかる気がした。


文化祭の前日はお昼で授業が終わり、午後から文化祭準備だ。まずは使わない机と椅子を各階の一番端の教室に運ぶところからはじめるのだが、特別講義室は通常の教室より机が多いうえ、机の保管場所から一番遠い。

「俺とひなちゃんが運ぶから大丈夫だよ」

「いやいや、みんなでやったほうがいいよ」

広いのはいいことばかりではないなと思いつつ、五人でこつこつ運び出した。途中で大日向くんが安全に二台運ぶ方法を開発し、そこからは一気に効率が上がった。

「やっぱり、部って最低でも五人必要だね……」

安以加が遠い目をして言う。文化祭の出し物を運営するには人手が要る。部の最低人数が五人というのは理にかなっているように思えた。

「こうして見ると結構広いね」

明石さんの言うとおり、机と椅子を片付けた特別講義室は広々としている。窓や黒板は普通の教室と変わりなく、いかにも現代の高校ですという顔をしていて、平安時代の息吹《いぶき》すら感じない。まず秘密基地用のテントを張ってみたけれど、これだけではアウトドア部みたいでますます謎である。

「あっ、母ちゃん来たみたい。みんなで運ぶの手伝ってもらっていい？」

光吉さんの母ちゃん。どんな人かぜひとも見てみたい。わたしたちは作業を中断し、一階へと下りていった。

「普段から『母ちゃん』って呼んでるの？」

「うん。なんで？」

明石さんの問いに光吉さんが軽い調子で答える。

「なんとなく、イメージに合ってないっていうか……」

「えっ、ひなちゃんは？」

話を振られた大日向くんは少し恥ずかしそうに「普通に『お母さん』ですけど」と答えて、微笑ましくなる。

駐車場に着くと、光吉さんが「いたいた」と白いバンに近寄る。

「はじめまして！　幸太郎がいつもお世話になってます」

光吉さんの母ちゃんが元気よく挨拶してくれた。顔はそれほど似ていなくて、光吉さんは父親似なのだろうと思う。

「うわ〜、安以加ちゃん、久しぶりだね」

「覚えててくれたんですか？」

「もちろん覚えてるよ〜。大きくなったら幸太郎と結婚するって言ってたよね！」

安以加の表情が凍りついた。そういえば、光吉さんが入部する前に「幸太郎はあたしの黒歴史」と言っていた。そんなの子どもの戯言だってわかっているけれど、安以加にとっては隠したい過去なんだろう。

「わたしに会うたび『お母さんよろしくお願いします』って言ってくれて……」

「母ちゃん、昔の話はやめよう」

光吉さんが制するように手のひらを出して真剣なトーンで言うと、母ちゃんは「あっ、ごめん」とあわてた様子で謝る。

「そ、そうそう。あたしがすっごく小さかった、昔の話ですからね」

「うんうん、そういう昔の話は誰にでもあるよね」

明石さんが場を取りなして、畳や屏風など車から運んでいくことにした。ここでも四階の端を引いたことが裏目に出て、運ぶ距離がとにかく長い。

「二階の教室を引いた部が『イェーイ』って喜んでたけど、こういうことだったんだね」

畳や屏風のような大物は光吉さんと大日向くんが運んでくれることになり、わたしたちは一人で持てる程度の荷物を運ぶ。

「片付けもあるし、来年はそのへんも考えないとね」

五人でぞろぞろ階段を上っていると、歴史研究部の面々が下りてきた。

「わぁ、畳あるんだ」

原涼子が畳を運ぶ光吉さんに話しかける。

「そうです。平尾書道教室から借りました」

光吉さんは足を止めて答えた。前に原涼子と光吉さんが付き合っているという根も葉もなさそうな噂を聞いたが、この距離感はシロだろう。安以加の様子をうかがうと、感情の読めない顔で原涼子を見ている。

「光吉くん、光源氏やるんでしょ?」

「はい。よかったら来てください」

来なくていいよと思ったけれど、光吉さんは来る者拒まずである。原涼子はまだなにか言いたそうだったけれど、光吉さんと大日向くんが再び歩き出したのでわたしたちも後ろからついていく。

「原さん、だいぶ意識してる感じでしたね」

特別講義室に着くなり言うと、明石さんが「歴史研究部に意識されるような部になったなんて、すごいよね」と笑う。

「こんにちはー!」

演劇部の女子四人が賑《にぎ》やかにやってきた。

「光源氏の装束が運びこまれたと耳にしまして」

「早いね」

光吉さんがダンボール箱を開けて、出てきた装束を体に当てた。演劇部女子の「うわ~」の声が重なる。

「すっごく楽しみです!」

演劇部の「古典おーるすたーず@菅原高校」は十四時から上演する。わたしたちも見にいきたいところだが、平安パークの人手が足りないので、あとから映像で見せてもらうことになっている。

「ありがとうございます。お邪魔しました！」

演劇部はあわただしく去っていった。

すべての準備を終えた頃には日が暮れていた。

「よしっ、これでＯＫだね」

部長の安以加が完成を告げて、全員でなんとなく拍手する。屛風を背景にした光源氏フォトスポット、畳敷きの札遊びコーナー、三方に公式球を載せて展示した蹴鞠コーナー、机を並べた書道コーナー、そして、平安時代の夜が体験できる秘密基地。

秘密基地はまず真っ暗にするところから苦労した。明石さんの家にあった遮光カーテンと買い足した暗幕でテントを覆ってみたものの、どこかしら隙間があって満足な暗闇にならない。テープで塞ぐ作業だけでだいぶ時間がかかってしまった。

「秘密基地、みんなで入ってみます？」

安以加の提案に、明石さんが「入ろう入ろう」と同意する。作業は入れ替わり立ち替わりでやっていたから、五人そろって入ることはなかった。

光吉さんたちと狭いスペースに入るなんて考えるだけでドキドキするけれど、あとの四人は事もなげにテントに入っていく。

「大丈夫？　狭くないですか？」

わたしが入口を大きくひらくと、四人は円になって座っていた。

「この狭さがいい感じかも」

「悟りがひらけそうですね」

わたしが入って入口を閉めたら、真っ暗になった。

「音楽かけますね」

安以加の顔がスマホで照らし出される。小さい音で雅楽が鳴りはじめると、安以加はスマホをスリープモードにした。暗い中で火を使うのは危険なので香炉は飾るだけにして、サンダルウッドとフランキンセンスのエッセンシャルオイルをアロマストーンに垂らしている。サンダルウッドは白檀《びゃくだん》、フランキンセンスは乳香《にゅうこう》で、平安時代から香りを楽しまれてきたらしい。視覚が閉ざされた分、聴覚と嗅覚で平安時代を感じようという試みだ。

「なんだか落ち着きますね」

大日向くんが言う。別の教室にいる人たちの声がうっすら聞こえてくるけれど、この空間だけは文化祭準備と切り離された平安時代の空間だ。

「さっき、幸太郎のお母さんにまともにお礼言えなくてごめんね」

「あぁ、全然気にしなくていいよ。安以加も昔のこと言われて嫌だったよな」

「昔のことってわかってても、やっぱり恥ずかしくて……」

「あはは、わたしもいっぱい黒歴史あるし、気にしなくていいよ」

それぞれの表情は見えないけれど、お互いを信頼して話しているのが伝わる。暗くて静かで、穏やかな空気が漂う。この空間にずっといたいけれど、永遠にはいられない。

「あっ、だから歌を詠んだんだ」

気付いたら口に出していた。

「どういうこと？」

「平安時代の人が今を切り取るために、歌を詠んだんだってわかったんです」

「いみじ！　栞ちゃん、それ大発見だよ」

「たしかに昔はカメラもＳＮＳもないですからね」

だけどそこで歌を詠んだ人も、自分の歌が札に印刷されて千年以上読まれるなんて思っていなかっただろう。

「そろそろライトつけてみようか」

安以加に言われてスイッチを入れると、テントのてっぺんに吊るした月が光った。

「まぶしっ」

光吉さんが声を上げる。

「これでもかなり暗く調整したんですけどね」

もともと入っていた電球が思いのほか明るかったので、別の電球に交換したのだった。

「うん、平安時代もこれぐらいまぶしく感じたのかもしれない」

よくよく見れば、四人の顔はわかるけれど表情はぼやっとしか見えない。普段の照明と比べたら全然暗いはずだ。

「なんだか落ち着く」

明石さんがうっとりした様子で言う。

「物置で眠っていたテントが役立ってよかったです」

「ほんとほんと。五人で力を合わせて作った平安パークだよ」

安以加が言うとおり、誰が欠けてもこの平安パークは完成しなかった。これまで平安部における自分の存在意義を疑ってきたわたしも、多少は役に立てたと思っている。

「名残惜《なご》しいけど、明日も早いしそろそろ出ましょうか」

入口から一番近いわたしがテントを開けると、まぶしい世界が広がっていた。

「ほらー、やっぱり暗いよ」

明石さんに言われて改めてテントの中を見たら、うっすら明るいだけで本も読めそうになかった。

「いよいよ本番だね」

わたしは両手で心臓を押さえる。一から作ってきた平安部が明日、たくさんの人の目に触れる。

「きっとうまくいくよ」

安以加が締めくくり、わたしたちは教室の電気を消して解散した。

第六章

それいけ！平安部

文化祭当日、いつもの通学電車に乗るつもりが五分ずれていて、そういえば休日ダイヤだったと気付く。平日は学生とサラリーマンが半々ぐらいの車内だけど、今日は菅原高校の生徒が目立っている。毎朝わたしと同じ電車のメガネ男子二人組も、心なしか元気そうだ。流れていく車窓の景色を見ながら、入学式のことを思い出していた。あの日は雨が降っていたけれど、今日は雲ひとつないいい天気。一年五組の教室で安以加に声をかけられたのをきっかけに、仲間を集めて平安部をつくってきた。

あれから半年、あっという間だった気がする。

「おはよー」

「栞ちゃん、おはよう!」

四階の特別講義室にはすでに安以加と明石さんが来ていた。ふたりとも平安部オリジナルTシャツを着ている。

結局、Tシャツの色はそれぞれの好きな色にした。安以加は白、わたしは紺、明石さんはピンク、大日向くんは黒、光吉さんは赤。前面は野球のユニフォームみたいな「HEIAN」の文字、背面には安以加が毛筆で書いた「平安部」の文字が入っている。

わたしもさっそく紺のTシャツに着替えた。

「やっぱり栞ちゃん、紺が似合うね」

「明石さんこそ、ピンク似合ってます」

「写真撮ろう！」

わたしたちは光源氏の衣装がかかった屛風をバックに記念撮影をした。

あとからやって来た大日向くんも交えて四人で平安パークの最終準備をしていると、安以加が時計を見上げて口をひらいた。

「幸太郎、遅いね」

時計の針は八時五十分を指している。八時三十分には集まって準備をしようと言っていたのに、二十分の遅刻だ。

「まぁ、光吉くんが遅れるのは今にはじまったことじゃないし」

「たい焼き買ってるんじゃない？」

わたしが言うと、安以加と明石さんが「懐かしい〜」と声をそろえる。

「一応ＬＩＮＥしてみるね」

安以加がスマホを操作する。わたしもスマホを見てみたけれど、なんの連絡も入っていない。

「えぇっ」

スマホを見ていた大日向くんが突然大声を上げた。それだけで異常事態だとわかる。

「大変です」

大日向くんがわたしたちにスマホの画面を向けたので、駆け寄って見てみる。表示されているのはXに投稿された写真で、見覚えのある用水路のそばで救急車と野次馬が写っている。救急隊の傍らに立っている長身の男はどう見ても……。

「いみじ！」

安以加につられてわたしと明石さんも「いみじ！」と声を上げていた。

「どうやら用水路に落ちた子どもがいて、光吉さんが飛び込んで助けたみたいです」

大日向くんの解説に、わたしは思わず「マジか」と声を漏らした。言われてみれば光吉さんの髪や服が濡《ぬ》れているように見える。

「着替えを持っていってあげないと！」

安以加は叫ぶように言って、屏風の縁《へり》にハンガーで吊るしてあった光源氏の衣装を引っ張った。

「危ない！」

屏風が倒れ、安以加も巻き込まれる形で尻もちをつく。

「大丈夫？」

大日向くんがあわてた様子で屏風を起こすと、びりびりっと布の破れる音がした。

「いま、嫌な音が聞こえたような……」

明石さんがおそるおそる近付き、光源氏の衣装を引き取る。持ち上げた装束は、屏風の隙間に引っかかって大きく裂けていた。

一瞬の静寂のあと、安以加が立ち上がって頭を下げた。

「ごめんなさい！　あたしのせいで……」

「全然そんなことない。安以加ちゃんのせいじゃないから、自分を責めないで」

明石さんが安以加の背中を撫《な》でて慰める。

「確認せずに屏風を起こした僕にも責任があります」

大日向くんも肩を落としている。だけど起こってしまったことはもうしかたない。

「まずは光吉さんに着替えを届けないと！」

わたしがわざと大きな声で言うと、三人ははっとしたように顔を上げた。

「平安部Tシャツがある！」

「僕のジャージのズボンもありますし、チャリでひとっ走り持っていきます」

大日向くんは荷物を持って教室を出ていった。

「演劇部も衣装を使うから、ミシンとか持ってないかな」

明石さんの思いつきに、わたしたちは「たしかに！」と声を上げる。安以加がＬＩＮＥで演劇部の澤井さんに連絡すると、まもなくいつもの四人がバタバタと駆けつけた。

「こんな感じで破れちゃったんです」

「わぁ、これはひどい」

加藤さんにさらっと言われて、逆に気持ちが軽くなった。腰のあたりから裾まで大胆すぎるスリットみたいに裂けていて、このままでは着られそうにない。

「演劇部では安全ピンで衣装の応急処置をするんですが、ここまで破れていると難しそうです」

澤井さんが申し訳なさそうに言う。

「ていうか、このフォトスポット、めっちゃいいですね」

「屛風がいい味出してる」

こんなときなのに、演劇部がフォトスポットを褒めはじめた。

「へぇ、これが蹴鞠の球なんですね」

「触っても大丈夫ですか?」

平安部の一大事だというのに、危機感がない。だけどこの世の終わりみたいに打ち沈んでいた安以加が気を持ち直したようで、「はい、自由に触ってみてください」と応じている。

「へー、思ったよりぷにぷにしてますね」

「あっ、でも、それどころじゃない!」

そこへ新聞部の松崎さんと太田さんが「事件があったと聞きましたー!」と走ってきた。

「事件って、どっちの?」

明石さんが尋ねると、松崎さんは「えっ?」と首を傾げる。

「朝から、二つ事件があったんです。ひとつは、光吉くんが用水路で人命救助したらしいこと。ひとつは、光吉くんの衣装が破れたこと」

演劇部一同が「人命救助?」「マジで?」と騒ぎ出す。

「人命救助については、本人無事みたいです。今やるべきは、この衣装を直すこと」

わたしが言うと、松崎さんが、

「原さんなら……」

とぽろっと口に出した。

「原さんって、あの、歴史研究部の原さん？」

「はい。少し前に歴史研究部の取材をしたときに聞いたんです。文化祭で使う衣装は原さんがネットでそれらしいものを安く買ってアレンジしてるって」

部活動紹介のときに歴史研究部が着ていた貫頭衣が思い浮かぶ。

「え、じゃあ聞いてみます？」

澤井さんがスマホを操作しはじめたのを見て、安以加が「ちょっと待ってください」と声を上げる。

「平安部を立ち上げる前に、歴史研究部で平安時代の研究をさせてほしいって言いにいったんです。でも受け入れてもらえなくて、平安部の五人を集めることになりました。だから、ちょっと因縁があって……」

「たぶん原さんそんなこと気にしないですよ」

松崎さんがあっけらかんと言う。

「そうそう。平安部ができて、歴史が盛り上がるのは面白いって言ってました。紙面にはそこまで載せられなかったんですけど」

太田さんの証言に、わたしと安以加は顔を見合わせる。

「自信持ってください。皆さんが思っているより、今の平安部は人気です」

加藤さんがメガネのフレームを押し上げながら言う。

「創設して間もない部なのに蹴鞠大会で優勝、ネットニュースに載るなんて、素晴らしいことです。演劇部は全力で平安部を推しています」

「推してくれてるんですか？」

わたしが思わずツッコミを入れると、新聞部も演劇部もそろってうなずいた。

「もちろんです。応援したいと思ったから、菅高新聞でも大きく取り上げました」

九月のはじめに取材された内容は、十月の菅原高校新聞に掲載された。古都新聞ではわたしひとりだけ写真に写ってなくてへこんでいたけど、菅原高校新聞では五人がちゃんと笑顔で写っていて気持ちが晴れた。

記事には平安部の成り立ちから蹴鞠選手権での優勝、平安パークの予定がまとめられていて、安以加と一緒に「本格的な新聞記事だね」と感動した。

「一年生が部を作って、半年でこんなに大きくするなんてすごいですよ！　演劇部でも舞台化したいぐらい」

澤井さんも褒めてくれた。こんなときでもなければみんなで大喜びできたのに。

「衣装が破れちゃったんだって？」

凛《りん》と通る声がした。廊下側に目をやると、十二単《じゅうにひとえ》のような和装の原涼子が立っている。まさに源氏物語ミュージアムにいた模型の女官と同じような迫力だが、右手には和装と不釣り合いなネコのイラストの裁縫バッグを持っている。明らかに小学校の家庭科で買わされたもので、油性ペンで「原りょう子」と記名してあるのが見えた。

「これです」

安以加が震える声で応じると、原涼子はしゃがんで裂け目を観察する。

「とりあえず縫うだけならできるよ」

「お願いしてもいいですか?」

安以加がこわごわと尋ねているのがわかる。見ているだけのわたしも無意識のうちに肩に力が入っていた。

「まかせて」

原涼子が笑顔を見せると、安以加の表情も緩んだ。

「これ、光吉くんが着るには短くない?」

「えっ、なんでわかったんですか」

安以加の反応に、原涼子は「な、なんとなくね」とはぐらかすように言う。もう一歩踏みこみたいところだが、今はそれどころではない。

「裾上げされてるから、ここをほどいて縫い直せば……」

「ほどくの、手伝います!」

安以加が言うと、原涼子はうなずいてリッパーを差し出した。わたしも手伝おうかと思ったところに明石さんが入り込み、「わたしもやります。これ借りてもいいですか?」と糸切りばさみを手にする。

「あっ、開会式」

演劇部が時計を見上げて言う。気付けばほかの部も体育館に移動したようで、四階全体が静かになっていた。

「ごめん、栞ちゃん、先に行っててもらえる?」

開会式では部ごとにどんな出し物をするか、ステージに上がって説明する。平安部では五人がそれぞれの持ち場を紹介する予定だったけれど、全員そろうかどうか不明だ。最悪誰も来なかったらわたし一人でやることになってしまう。

安以加が行ったほうがいいんじゃないかと思ったけれど、二倍速の動画みたいにてきぱき衣装を直している三人を見たら何も言えなかった。原涼子は慣れた様子で縫い針を操っているし、安以加も明石さんも縫い目をほどくのに必死だ。

「原さんこそ、開会式行かなくて大丈夫ですか?」

「部活紹介はあいうえお順でしょ? 歴史研究部は最後だから」

わたしの質問に、原さんは顔を上げずに答えた。それでいくと平安部も後のほうだ。飛鳥《あすか》時代を研究する飛鳥部じゃなくてよかった。

「わかった、先に行ってるね」

体育館に着くと開会式はすでにはじまっており、校長が壇上に立っていた。空いているパイプ椅子に腰掛け、話を聞く。いつもだったら早く終わってほしいと思うのに、今日だけは存分に話してくださいと祈っていた。

「校長先生、ありがとうございました。ここからは、各部の出し物紹介に移ります。まずはESSから、お願いします」

司会を務める実行委員の呼び込みで、エプロンをつけたESSの三人が出てくる。

「わたしたちESSは、三年三組の教室で英語カフェをします」

「コーヒー、紅茶、お茶など、お好きなお飲み物とクッキーをお出しします」

「休憩のためにぜひお越しください」

いたってシンプルな紹介で、ハードルを下げてくれてありがとうと手を合わせたくなった。

続く映像研究部は自主制作映画の予告編を流す。高校を舞台にした殺人事件らしいが、今のわたしに楽しむ余裕はない。

「次は演劇部です」

右手に筆、左手に紙を持った和装の女性が袖から出てきた。

「あぁどうしよう、原稿が全然進まない」

どうやら紫式部を演じているらしい。衣装は素人目に見てもペラペラで、安以加の家にあった和服とは全然違うことがわかる。

ふと気付けば今回の文化祭、妙に和装が多い。演劇部の古典おーるすたーず、百人一首部の袴《はかま》、平安部の光源氏、歴史研究部の鎌倉時代。これまで「着物」としか思っていなかったのに、種類やグレードの違いが判別できるようになっている。

「あら？　高校古典……？」

紫式部が落ちている古典の教科書を拾い上げ、ぱらぱらとめくる。

「いとをかし！　ここに載っているお話を少しずつ組み合わせたらどうかしら！」

いきなりツッコミどころ満載だが、楽しそうではある。そこへ加藤さんが現れて、内容を説明する。

「演劇部は講堂で十四時から『古典お－るすた－ず@菅原高校』を上演します。紫式部に清少納言、光源氏やかぐや姫など、古典でおなじみの面々が繰り広げるドタバタコメディです。菅原高校が誇る大スタ－もゲスト出演しちゃうかもしれません！　もちろん入場は無料です。ぜひ見にきてくださいね」

大スタ－は今頃どうしているだろう。詳細は全然わかっていないけれど、困っている人を放っておけない光吉さんのことだから無意識に飛び込んだとかそんなところだろう。

そのうち誰かしら来るだろうと思っていたのに、さ行もた行も過ぎていく。百人一首部が終わった時点で覚悟はできて、舞台袖から物理部の紹介を見る。

こんなことなら朝もう一度練習しておけばよかった。きのうのうちにリハ－サルしたけれど、ほかのメンバ－のセリフなんて全然覚えていない。

一時間ぐらい天体の説明をしてくれたらいいのにという願いも虚《むな》しく、物理部は一通りの説明を終えて頭を下げた。

「次は平安部です」のアナウンスで、わたしはマイクを握ってステージに歩み出る。パイプ椅子に座ってわたしを見上げる生徒たち。ふと「今の平安部は人気です」という加藤さんの声が思い出される。

どうしよう、よりによって一番地味なわたしがステージに立たされるなんて！

「わ、わたしたち平安部は、四階の特別講義室に平安パークをつくりました。書道コーナー、札遊びコーナー、蹴鞠コーナーがあって……そうそう、光源氏フォトスポットがあります！」

こんなしどろもどろな説明で平安部に来る人がいるだろうか。誰か助けに来てと心の中で叫んでみても、どこにも届かない。

「四階の特別講義室です。みなさんもぜひお越しくだ……」

秘密基地の説明もできないまま締めくくってしまおうと思ったところで、体育館後方のドアが開いた。Tシャツを着た平安部の面々と、和装の原涼子が入ってくるのが見える。その一番後ろから、黒い装束を着た大スターが現れた。

「ひ、光源氏！　光源氏の、お出ましです！」

わたしは震える人差し指で光吉さんを指した。腰が抜けてしゃがんでしまいそうだったけれど、なんとか耐える。

光吉さんは真剣な表情のまま、真ん中の花道を通ってゆっくりと歩きはじめた。

そこで突然、体育館内が暗くなった。このタイミングで停電したのかと焦ったが、すぐさまスポットライトが光吉さんを照らし出す。

舞台袖に目をやると、演劇部の澤井さんがわたしに向かって親指を立てていた。ステージの下では新聞部の太田さんが一眼レフカメラで光吉さんを撮影している。

ふと、光吉さんとはじめて会ったときのことを思い出した。あと一人で五人そろって平安部になると聞いた光吉さんは、階段で「ヒーローは遅れてやってくる」とヒーローポーズを決めてくれた。

——もしかしたらこの人、本物のヒーローなのかもしれない。

「栞ちゃん、ありがとう」

ステージに安以加と明石さんと大日向くんが上がってきた。

「間に合ってよかった」

わたしが胸を撫で下ろしていると、光吉さんがステージの前の階段を上がってくる。思わずマイクを差し出すと、光吉さんはうなずいて受け取った。

体育館の照明が再び点灯し、光吉さんに注目する生徒たちの顔がよく見える。

「光源氏フォトスポットでは、僕と写真が撮れまーす」

光吉さんが会場に向けてピースサインをつくると、それまでの沈黙を破るかのように女子の歓声が上がった。わたしが説明しているときのどんよりした空気とはまったく違う、明るく熱気を帯びた空気だ。

「平尾書道教室から特別にお借りした屏風や御簾もあります。ぜひ、平安時代を体感しにきてください」

光吉さんが生み出した光で、会場全体が照らし出されているようだ。遅刻したのも演出みたいになって、結果オーライである。

「ここでちょっと、平安部の話をさせてもらってもいいですか」

突然、光吉さんが宣言した。色めき立っていた体育館が静かになる。

「平安部は四月にできたばかりの新しい部です。小学生の頃、自分が平尾書道教室に通っていた縁で、入部することになりました。最初は何をするのかもよくわかってなくて、部員のキャラもばらばらで、部長の安以加は『平安の心を学びます』としか言わないし、正直、大丈夫かなって思ってたんです」

うん、まったくそのとおりだ。わたしも明石さんも大日向くんも無意識レベルでこくこくうなずいている。

「だけど、蹴鞠の練習をしたり、平安パークについて話し合ったりしているうちに、平安部が作られていくのを感じました」

平安部の名簿を提出したときのこと、歴史博物館に行ってファミレスに寄ったこと、明石さんと暗くなった道を歩いたこと、大日向くんが蹴鞠を教えてくれたこと……これまでの活動ひとつひとつが、源氏物語絵巻みたいに思い浮かんできた。

「そんなとき、ふと、平安の心も令和の心もそんなに変わらないんじゃないかなって気付いたんです」

わたしと明石さんは同時に光吉さんの顔を見上げていた。そんな結論に至っていたとは知らなかった。

一方、大日向くんは神妙な面持《おもも》ちで客席側を見ている。わたしも前を向くと、みんなの視線が光吉さんに集まっているのがわかった。

「平安時代に意識を向けることで、令和を生きる自分たちの心を知る。そんな部なのかもしれません」

一番端にいる安以加に目を向けると、口に両手を当てて何度もうなずいていた。

「そういうわけで、四階特別講義室の平安パークをよろしくお願いします。個性豊かな五人のメンバーがお待ちしています」

深々とお辞儀する光吉さんに合わせて、わたしたちも頭を下げた。


開会式を終えたわたしたちは平安パークに戻った。

「無事だからよかったようなものの、用水路に飛び込むなんて危険すぎる！」

安以加はお母さんのように怒っている。

「うん、さすがに生命《いのち》に関わることだからね……」

明石さんも若干困惑気味だ。

「身体が勝手に動いちゃったんだから、しかたないじゃん。ひなちゃんが着替えを持ってきてくれて、うれしかったよ」

光吉さんと大日向くんが平安パークに戻ってきたのと、衣装の修復が終わったのはほぼ同時だったという。しわを伸ばすアイロンが見つからず、演劇部にあったヘアアイロンで代用するなど、総力戦で乗り切ったらしい。

書道コーナーの特別講師を務める鷲嶺さんは事情を聞いて驚いていた。

「いやはや、幸太郎が無事でよかった」

こんな大先生に無償で来てもらっていいのか心配だったが、安以加によればきのうからうきうきした様子でお手本を書いていたらしい。

「前に君たちが書いた『平安』も持ってきた」

御簾には書道体験で書いた五人の「平安」が二枚ずつ飾られている。一枚は最初に書いた「平安」、一枚はレクチャーを受けて書いた「平安」。美容広告のビフォーアフターのごとく、劇的な効果が見られる。

思えばあの日から平安部の結束が深まって、蹴鞠大会の優勝につながった気がする。五人の「平安」が並んでいるのを見ていると、胸が熱くなった。

「しかしこの衣装の修復、見事だな」

鷲嶺さんが光吉さんの衣装を見ながら言う。あの短時間で縫い直したとは思えないほどの出来栄えだ。

「あとで原さんにお礼を言わなきゃね」

開会式でも原涼子は完璧だった。歴史研究部の「いざ鎌倉」の展示内容を過不足なく伝えていて、自分の粗末な説明がますます恥ずかしくなる。わたしはあんな流暢にできないと決めつけていたけれど、もうちょっとマシになるよう練習したいと思った。

顧問の藤原先生も様子を見にやってきた。

「光吉くんの開会式の挨拶、感動しちゃった。わたしが平安部の顧問です！　って言って回りたいぐらいだった」

全然部活に顔を見せなかったくせにと思ってしまうけれど、蹴鞠大会のときは動画を撮ったりマスコミ対応したり、しっかり活躍している。

「ほら、さっそくみんなで並んでみたら？　撮ってあげる」

こういうときのサービス精神もあって、なんだか憎めない。屏風の前に光吉さんを中心に五人で並ぶと、藤原先生はスマホを横にして撮影した。

「こんな感じでどう？」

スマホの画面をみんなでのぞきこむ。黒い装束を着た光吉さんを、平安部Tシャツの四人が囲んでいる。

「なるほど、屏風をもうちょっとこっちに寄せたほうが映《ば》えますね」

大日向くんが撮影された画面を見ながら位置を微調整している。

「少し烏帽子を上げたほうがいいかも」

安以加が手をいっぱいに伸ばして光吉さんの烏帽子を直す。

「光源氏が最高すぎて、むしろ一緒に写りたくない」

明石さんの発言に「わかります」と同意する。

「あっ、そろそろはじまるよ。円陣やんなくていいの？」

「あなや！　やりましょう」

わたしたちは集まって肩を組んだ。光吉さんの持つ扇が肩に当たる感覚があって、光源氏と円陣を組んでいる気分になる。

「それいけ！」

「平安部！」

藤原先生のスマホのシャッター音がパシャパシャ響いた。

「いらっしゃいませ」

お客さん第一号の女子生徒三人組は光源氏を前に固まっている。

「スマホ貸してくれたら撮りますよ」

安以加が言うと、一人が「お願いします」とスマホを手渡す。たぶんクラスではあまり目立たないタイプの女子だろう。わたしも同じ立場だったら絶対に緊張する。

「俺、普通にしゃべっていいんだっけ？」

「あぁ、たしかに平安時代っぽいしゃべり方を練習しておくべきだったね」

光吉さんと明石さんが話している間に、女子三人は屏風の前に並んだ。

「何枚か撮りますね。はい、チーズ」

安以加はシャッターボタンを三回タップし、スマホを返した。三人は硬い笑顔を浮かべていたけれど、スマホの画面を見て表情をほころばせた。

「ありがとうございます」

三人は丁寧にお辞儀をして去っていった。一番乗りするあたり、実はガチファンだったのかもしれない。

「『はい、チーズ』も何かオリジナルにしたいね」

明石さんが言う。

「『はい、蘇《そ》』とかですか?」

安以加が大真面目に言うので、思わず笑ってしまった。

「『そ』ってなに?」

光吉さんが聞くと、安以加が「大昔の日本で作られてた、チーズみたいな食べ物だよ」と答える。

「必ずしも食べ物のチーズに寄せなくていいんじゃないかな」

「もともと『はい、チーズ』になったのは英語の『cheese』を発音すると自然な笑顔になるかららしいですよ」

明石さんと大日向くんが真剣に意見を出し合っている。

「『いと、をかし』なんてどう?」

さっきの演劇部を思い出してノリで言ってみたら、四人が静まり返ってしまった。

「あぁっ、今のは冗談で……」

「栞ちゃん、すっごくいい」

安以加が目を輝かせて手を叩くアクションをした。

「それじゃ、フォトスポットの掛け声は『いと、をかし』ね」

光吉さんが承諾して、「いと、をかし」がオフィシャルになった。パクったみたいで申し訳ないけど、演劇部が作り出した言葉じゃないから許してもらおう。

「このテント、入っていいんですか？」

男子二人組が秘密基地を指さして言う。

「あっ、はい、どうぞ」

果たしてこんな男子が入って楽しめるのかと不安になりつつ、暗幕をめくって中へと誘導した。

「暗っ」

「ウケる」

中から二人の声がする。

「奥の角にあるスイッチを押すと、月明かりがつきます」

わたしが外から呼びかけると、「どこ？」「あった！」「まぶしっ」と声が上がる。

「どうぞ、平安時代の夜をごゆっくり体感ください」

わたしが呼びかけてすぐ、二人は出てきた。

「暗いだけだったな」

「あはは」

二人はそのまま教室の外に出ていってしまった。わたしは何とも言えない気持ちになって拳をぎゅっと握る。

「この暗さの良さがわからないなんて、残念だよね」

様子を見ていた明石さんがフォローしてくれたけれど、平安時代の夜は暗いだけだし、二人の言うことも合っているのだ。

「明石さーん！」

袴を着た女子二人が明石さんのもとへやってきた。

「あ、ああ、えっと……」

そこで二人が百人一首部の先輩だと気付く。

「これ、入ってもいいですか？」

「もちろんです。よかったら、明石さんも入りましょう」

「えっ？」

「わたしも入ります。一緒に解説しませんか」

百人一首を知っている人たちなら、平安時代の夜も楽しんでくれるかもしれない。二人に続いて、わたしと明石さんも中に入った。

「暗っ」

百人一首部の二人が声をそろえる。やっぱり初手で暗さに突っ込みたくなるらしい。

「火を明かりにしてたから、めっちゃ火事が多かったっていうよね」

「電気マジすごい」

「あれ、何か香り焚いてる？」

「はい、平安の香りをイメージしたアロマストーンを置いてます」

雅楽も流しているのだが、フォトスポットのお客さんたちのガヤガヤした声にかき消されてしまっている。これはちょっと失敗だった。

「なんだか落ち着くね」

「ね」

二人の反応に、救われた気持ちになる。

「明石さん、わたしたちのこと避けてるみたいだけど、こっちは全然気にしてないよ」

「うん。むしろわたしたちのほうこそ、なにかできることがあったかもって思ってる。ごめんね」

「えぇっ、そんな、全然」

不思議なもので、暗くて表情が見えないのにどんな顔をして話しているのか、声から想像できる。耳の機能が研ぎ澄まされているような感覚だ。

「平安部で活躍してて、すごいなぁって思ってた」

「そうそう。蹴鞠大会も、ネットニュースで見てびっくりしちゃった」

わたしにとってみれば、百人一首部の先輩が紹介してくれたおかげで明石さんと出会えたので、感謝しかない。

「月明かりをつけてみますね」

わたしがライトのスイッチを入れると、百人一首部の二人が「わぁ〜」と声を出す。

「つきみれば〜だ」

「でもこの月はあんまり悲しくないね」

明石さんが「一人じゃないからね」と笑った。

「前に平安部で歴史博物館に行ったことがあったんですけど、みんなと別れた後に月を見たら寂しくて、こういうことなんだってわかりました」

わたしの思い出を伝えると、先輩二人が「おおっ」と声を上げる。

「たしかに、わたしたちにその発想はなかったかも」

「『つき』といえば『わがみひとつ』だもんね」

ぼんやりとした明かりの中で三人とも笑っているのがわかる。この空間に立ち会えてよかったと思った。

テントを出ると思いのほか賑やかで、暗幕である程度は防音されていたことがわかる。

「おもしろかったー」

百人一首部の二人には好評だった。今後いい評価がもらえなくても、この二人の感想を思い出していこうと思った。

「入ってもいいですか？」

「はい、どうぞ」

次にやって来た女子グループをテントの中に案内しつつ、教室の中を見わたす。大日向くんは蹴鞠の説明をしていて、札遊びコーナーでは輪になって偏つぎをしているグループがいて、書道コーナーでは安以加と鷲嶺さんが習字を教えている。フォトスポットではツーショットではなく屏風の前に立った光吉さんを大勢の女子が撮影していて、やっぱりそうなりますよねと共感した。

「栞ちゃん、安以加ちゃんと一緒にほかの部を見てきたら？」

「いいんですか？」

「うん。午後になるともっとお客さん増えると思うし、今のうちに行っておいでよ」

明石さんの言葉に甘えて、わたしと安以加は偵察に出かけることにした。

隣の教室は地理部で、菅原市のハザードマップが詳しい解説付きで展示されている。その後も順番に見ていくと、書道部は作品展示、写真部は映《ば》える写真ワークショップ、パソコン部はプログラミング体験と、趣向を凝らした出し物が並んでいた。

三階の特別講義室が近付くにつれ、緊張してきた。

「原さんいるかな？」

安以加が気負いなく言うのを見て、はっとする。一緒に衣装を直していた安以加や明石さんと比べて、わたしだけ極端に原涼子歴が短い。勝手に敵だとみなしていた節もあり、わたしだけが疑心暗鬼に陥ってるのではないか。

「原さん、どんな人だった？」

深刻な調子にならないよう尋ねてみると、安以加は「縫うのもほどくのも必死すぎて、ほとんど会話してなかったの。だからよくわかんない」と忌憚ない答えを述べる。

「でも、ああいうときに力を貸してくれる人だってわかったからよかった」

たしかにそれは間違いない。

歴史研究部の入口には「い」「ざ」「鎌」「倉」「！」と毛筆体フォントで印刷された紙が貼られていた。これはうちの安以加のほうがポイントが高いと心の中で比べてしまう。

中をのぞいてみると、教室の天井まで届く大きさの大仏が鎮座していた。そのそばで何やら解説している原涼子がいる。

「あの重ね着、よくできてるね」

安以加も認めるとおり、原涼子が着ている衣装は色合いがきれいで、センスのよさが感じられる。部員たちはコスプレ衣装のようなシンプルな浴衣みたいな衣装なのに、一人だけ格が違っていた。

「あれって、平安時代の十二単とは違うの？」

「うん、鎌倉時代のほうが簡略化されてるの」

さながら垣間見《かいまみ》のようにぶつぶつ言っていたら、原涼子と目が合ってしまった。

「平安部さん、いらっしゃい」

原涼子は余裕の笑みを浮かべてわたしたちを迎え入れる。

「先ほどはありがとうございました」

安以加が頭を下げてお礼を述べる。

「困ったときはお互い様でしょ」

室内を見渡してみると、大仏以外には刀剣と武家屋敷の模型、模造紙にまとめられた研究発表、さらには当時食べられていたという「強飯《こわいい》」を試食できるコーナーがあって、平安パークより学術レベルが高い。

「その衣装も買ったんですか？」

「レンタルしたの。着てみたかったから、自腹で」

その言い方は清々《すがすが》しくて、思わず笑ってしまった。

「そうだ。うちの光源氏と撮ります？」

安以加が提案すると、原涼子は「いや、それは、別に」ともごもご言い出した。

「せっかくなので、撮りに来てください。原さんのおかげで直った衣装ですから」

「光吉くんと並ぶの、緊張するのよね……」

原涼子が両手で顔を覆う。思いがけない反応に、わたしは「そうなんですか？」と突っ込んでいた。

「だって、圧倒されるじゃない」

「原さんも全然負けてないですよ」

わたしたちは渋る原涼子を連れて四階の平安パークに戻った。光源氏撮影会は続いていて、女子たちがスマホでいろんな角度から光吉さんを撮っている。

「光吉さん、原さんと並んでもらっていいですか」

「時代が違うんだけど」

ぶつぶつ文句を言う原涼子だが、光吉さんと並ぶとやっぱり絵になる。

「衣装、直してくれてありがとうございました」

光吉さんが直接お礼を言うと、原涼子は「ちゃんとした衣装じゃないと、光源氏が台無しだからね」と冷静に答える。実は緊張しているのだと思ったら、見ているこっちがニヤニヤしてしまう。

「すみません、新聞部です！　こちらに目線いただいていいですか」

いつのまにか太田さんが現れて、二人の姿を撮りはじめた。

「あはれなり〜」

安以加も光吉さんと原涼子を満足げにながめている。わたしが勝手に抱えていた歴史研究部とのわだかまりが、時代を超えて解決した気がした。

午後になると一般客の入場ＯＫになり、生徒の家族や他校の友達、近所の人たちが押し寄せる。

うろこぐまさんも、なると丸さんと一緒に来てくれた。

「うわー、めっちゃ光源氏だ」

うろこぐまさんは感激した様子で光吉さんの写真を撮っている。

「こんな逸材が菅原に住んでるの？」

なると丸さんもうろこぐまさん同様親しみやすいお姉さんという感じで、高校時代の二人が部室でおしゃべりしている様子が思い浮かぶようだった。

「文芸部って、文化祭当日はどんなふうに教室をレイアウトしたんですか？」

気になって尋ねてみる。作品集を配布したというけれど、机ひとつに作品集を置いて終わりというわけにはいかないだろう。

「わたしたちはメッセージパネルを作ったよ」

「そうそう。ここにパネルを三面ぐらい並べて、机にはペンとカードを置いて、メッセージを書いて貼ってくださいっていう企画」

「一応テーマもあったよね？『ありがとう』みたいな」

「うん、家族への感謝とか、先生への感謝とかね。あれはけっこうよかった」

明石さんが「へぇ〜」と感心したように言う。

「菅原高校の文化祭ってゆるーい感じがいいよね」

「そうそう、どの部も楽しんでやってるよね」

うろこぐまさんとなると丸さんが言うように、どの部も手作り感あふれる展示だった。平安パークだって、気持ちの上ではＵＳＪの任天堂エリアを意識しているが、フォトスポットや秘密基地、畳敷きの箇所を除いたら教室そのものである。

「蹴鞠の球、はじめて見た！」

「これって実はかなり貴重じゃない？」

打てば響くようなリアクションが返ってきて、説明しがいがある。二人は書道コーナーで鷲嶺さんに教わりながら「平安」と書き、秘密基地で平安時代の夜を体験し、平安パークを満喫して帰っていった。


「お姉ちゃーん！」

二時を過ぎた頃、母と泉がやって来た。

「えっ、栞ちゃんの妹？」

「はい！」

安以加が「はじめまして、部長の平尾安以加です」と自己紹介する。

「お姉ちゃん、歴史を勉強する部としか言ってなかったじゃん！　歴史研究部に行ったらいなかったから、着物の人に聞いてみたら平安部じゃないかって」

「ごめんごめん」

「イケメン光源氏は？」

タイミング悪く、光吉さんは演劇部で出演中だ。

「今はいないんだけど、もうちょっとしたら戻ってくるよ。習字やって待ってる？」

「習字はいいかな」

たしかに、中学では習字の授業があるからそれほど珍しくない。母のほうが「久しぶりにやってみたい」と席に着いた。

「坊主めくりとか、蹴鞠もあるけど」

すすめてみたものの、泉は興味なさそうに首を振る。わたしも最初はこういう態度だったんだろうと思うと、安以加に申し訳なくなってきた。

「あっ、秘密基地空いたから入ってみる？」

安以加が気を遣ってくれているのがわかる。泉はあまり乗り気じゃなさそうだったけれど、導かれるままわたしと安以加とテントに入った。

「ここは、平安時代の夜を体験できるスペースなの」

安以加の説明に、泉がさっそく「暗っ」と感想を述べる。なんでもかんでも遠慮なく口に出してしまう子だから、安以加にも失礼なことを言うんじゃないかと気が気でない。

「ていうか、平安部って何？　なんで平安時代なの？」

「泉、もうちょっと丁寧に」

「栞ちゃん、大丈夫だよ」

暗闇に安以加の声が穏やかに流れる。

「あたしが小さい頃から平安時代に憧れてたから、五人集めて平安部を作ったの。でもなんで平安時代に憧れたのかっていえば、たまたまだと思ってる」

「たまたま」

思わずわたしが復唱していた。

「奈良時代とか鎌倉時代に憧れてもよかったんだけど、歴史に残る平安文化がすごく魅力的に感じたんだよね。たくさんアイドルがいても、惹かれるアイドルは人それぞれじゃない？それと一緒で、あたしが平安時代に惹かれたんだと思う」

泉がいくぶんかしこまった口調で「そうなんですね」と返答する。

「平安時代の夜を再現しようって言ってくれたのは栞ちゃんなんだけどね。実際にこの中に入ってみて、すごく落ち着いたの。ただ平安時代に憧れてるだけではここに来られなかったし、平安部を作ってよかったなーって思ったよ」

思わぬ高評価に、目の奥が熱くなってきた。

「お姉ちゃん、家では全然部活の話しなかったから、知らなかった」

「なぜか言いそびれてたんだよね」

自分でも平安部がよくわかっていなかったのかもしれない。今なら胸を張って平安部ですって言えるのに。

「高校って、こんな部も作れるんだね」

そのときテントの入口が開いて、光が差し込んできた。こぼれそうになっていた涙をあわてて指で拭う。

「戻ってきたよー」

光吉さんが身体をかがめて顔をのぞかせる。平安時代の通い婚もこんな感じだったのだろう。心が浮き立って、それと同時にほっとする。

「こちらが光源氏」

わたしが紹介すると、泉は「は、はじめまして」と頭を下げた。


文化祭の終わりまで、平安パークは盛況だった。光源氏フォトスポットには人が途切れず、明石さんはお客さんと偏つぎや坊主めくりに興じ、大日向くんは公式球でリフティングをしてみせる。御簾は書道体験に来た人たちの作品で埋め尽くされていた。

手が空いたわたしと安以加は、テントの片付けをはじめた。

「白虎高校の酒井さんに写真送ったら、『ほんまに光源氏おるやん』って返ってきたよ」

安以加のスマホには、白虎高校から送られてきた「こっちは仏像が完成しました」のメッセージと写真が表示されている。ボウリングのピンのように並べられた仏像は一体ずつ表情やデザインが違っていて、個性豊かだ。

「平安部に入ってくれて、ありがとう」

安以加が真剣な様子で言うので、わたしは「やめてよ」と笑って手を振る。

「平安部、今日で終わっちゃうみたいじゃん」

文化祭が終わっても、平安部は続いていく。文芸部みたいにいつかなくなってしまうとしても、わたしたちが三年生になるまでは間違いなく存在する。

「来年、もっとパワーアップしたいね」

わたしが言うと、安以加は「絶対しようね」と両手で握りこぶしを作ってみせた。

特別講義室が元通りになった頃には日が暮れていた。きのうの今ごろは平安パークがほぼ完成していたけれど、すでに跡形もなく片付いて、机と椅子が並んでいる。

わたしたち五人はベランダに並んで座って空を見上げた。昼間はTシャツでも過ごしやすかったけれど、夜の屋外ではちょっと寒い。

「はじめての文化祭、どうだった?」

「楽しかったです!」

明石さんに尋ねられた安以加は、小学生みたいに元気よく答える。

「なんだかあっという間でしたね」

わたしはもうちょっと長くやっていたかったなと思う。

「大日向くんはずっと蹴鞠の説明してたよね」

明石さんの言うとおり蹴鞠コーナーは大人気で、大日向くんは次から次へとやってくるお客さんの対応に追われていた。

「たくさんの人に興味を持ってもらえて、大会本部も喜びます」

小学生男子に「どうやったらリフティングがうまくなりますか」と尋ねられた大日向くんは、「普段からボールの動きをよく見ること」と答えていた。わたしも来年の大会に向けて、参考にしようと思った。

「今度、幸太郎のお芝居もみんなで見ないとね」

光吉さんが特別出演した「古典お－るすたーず@菅原高校」の動画は後日送ってもらうことになっている。演劇部の報告によれば、光吉さんの出演によって去年の二倍の観客が訪れたらしい。

「光吉さんも疲れたんじゃないですか?」

朝から人命救助、開会式からフォトスポットにお芝居と大忙しだった。

「うん、さすがにちょっと疲れたね」

光吉さんはぐるっと首を回す。

「でもみんなが喜んでくれてよかった」

「それは間違いないよ。ありがとう」

安以加の感謝には実感がこもっていた。

「秘密基地もすごくよかったよ!」

明石さんがわたしに笑顔を向けた。

「みんな『暗っ』って言ってましたけど」

照れくさくなって、ちょっとネガティブなことを言う。

「あの暗さがいいんだよ!」

「うん、僕もきのう入ってみて、テントにあんな使い方があるんだって感心した」

安以加と大日向くんに言われて、ますますくすぐったくなる。

「そうだ、来週から平安部で短歌つくりませんか?」

自分が短歌を詠むなんて想像もしていなかったけど、平安部のみんなとならできそうな気がする。

「あ、いいかも。短歌コンクールに挑戦してみる?」

「俺、いきなり入賞しちゃったりして」

「あたし、何詠もうかなぁ」

「まずは過去の傾向を見て対策を練らないと……」

四者四様のリアクションに頰が緩む。来年の文化祭までの一年間、わたしの平安レベルはますます上がっていくに違いない。

そんなことを思っていたら、空に一筋の光が見えた。

「えっ? 流れ星?」

明石さんが声を上げる。

「いみじ! 平安部がこれからも末永く続きますように!」

安以加が素早く両手を合わせ、空に向かって願いを込める。いつもならただの迷信だって思うところだけど、今日だけは信じてみてもいい気がした。

初出誌「STORY BOX」
二〇二四年　四月号、六月号、八月号、十月号、十二月号
二〇二五年　二月号
書籍化にあたり、大幅に加筆・改稿を行いました。

装画・本文イラスト
トミイマサコ

装丁
岡本歌織（next door design）

宮島未奈（みやじま・みな）

一九八三年静岡県富士市生まれ。京都大学文学部卒業。二〇二一年「ありがとう西武大津店」で「女による女のためのＲ－18文学賞」大賞などトリプル受賞。同作を含むデビュー作『成瀬は天下を取りにいく』は、坪田譲治文学賞、二〇二四年本屋大賞など多数受賞。他の著書に『成瀬は信じた道をいく』『婚活マエストロ』など。

それいけ！平安部

二〇二五年四月二十一日　初版第一刷発行

著者　宮島未奈
発行者　庄野 樹
発行所　株式会社小学館
〒一〇一－八〇〇一　東京都千代田区一ツ橋二－三－一
編集 〇三－三二三〇－五六一六　販売 〇三－五二八一－三五五五
ＤＴＰ　株式会社昭和ブライト
印刷所　ＴＯＰＰＡＮクロレ株式会社
製本所　牧製本印刷株式会社

 ISBN 978-4-09-386753-5